COLLECTION FOLIO

Alexandra Strauss

Les démons de Jérôme Bosch

Gallimard

Scénariste de formation, Alexandra Strauss est monteuse dans le cinéma. *Les démons de Jérôme Bosch* est son premier roman.

1

Mes mains ne tremblent plus. Je pose les pieds sur le petit coussin bleu qui les rehausse et permet à mon sang de circuler plus aisément, et je prie Dieu afin qu'il me prête suffisamment de sérénité et de vie pour mener à bien ce que je commence ici. Moi, Aleyt van Meervenne, épouse Bosch, je ne suis pas femme de lettres, mais je suis une lectrice attentive et régulière des œuvres de mon temps comme de celles des temps passés, et j'espère avoir suffisamment d'instruction pour être à la hauteur de ma tâche.

Je ne suis pas de celles qui ressentent de la nécessité à raconter leur vie ou à répandre leurs vues sur le monde. Je n'ai pas d'idées poétiques, ni politiques. Mon temps se partage entre la direction de ma maison et mes recherches en herboristerie dont je m'efforce d'appliquer les résultats aux malheureux affligés de maux du corps. Si je prends la décision aujourd'hui, en ce froid mois de novembre 1516, de m'asseoir pour remplir ces feuillets de mon écriture, c'est que j'ai partagé pendant plus de trente ans la vie d'un homme si discret que je crains qu'il ne disparaisse dans le gouffre béant de la mémoire des hommes si je ne fais cet effort.

Jérôme, mon époux, était un homme qui excel lait dans l'art de peindre, mais dès qu'il s'agissait de se mettre en avant ou d'évoquer son travail, il était aussi embarrassé qu'un poulain nouveau-né sur ses pattes. Aussi vais-je tenter de composer un récit qui parlera de l'homme et accompagnera ses œuvres peintes lorsque j'aurai à mon tour disparu dans l'éternité divine. Plût à Dieu, ma voix et mon nom resteront à ses côtés, moi qui n'ai pu lui donner de descendance

Moi, Aleyt van Meervenne, je suis petite-fille d'apothicaire par ma mère, mais mon père était gentilhomme, et j'ai vu le jour dans sa demeure ancestrale au cœur du duché de Brabant, entre Breda et Bois-le-Duc, douze ans après un fils qu'il avait eu de sa première épouse.

Dame Claude, la sœur de lait de mon père, m'a raconté comment, apprenant la naissance d'une fille, mon père, Goyart, avait hurlé sa joie et invité son entourage à une bombance aussi improvisée qu'excessive. Dans le lit où elle reposait, la parturiente, Postellina, n'avait pas dit un mot. J'étais née si rapidement qu'elle avait éprouvé peu des douleurs de l'enfantement. Dès qu'elle en fut capable, elle se releva et retourna à ses occupations habituelles, comme si rien de très essentiel n'avait eu lieu.

Le premier visage important de mon existence fut la figure rougeaude de ma nourrice Antoinette et non pas celui, que l'on disait alors ravissant, de ma mère. À ce propos, d'ailleurs, je ne parvins jamais tout à fait à croire que Postellina ait pu être belle, car je ne lui connus que son visage fripé comme un vieux linge. On affirmait pourtant qu'elle avait fait partie de ces femmes dont la vue seule rend les hommes mélancoliques, mais que sa beauté s'était fanée après ma naissance, comme une fleur en fin de floraison.

Fille d'un apothicaire devenu veuf, Postellina vécut longtemps cloîtrée, apprenant de son père le nom des plantes, des drogues et leurs usages. Un jour, un accident de carriole coûta la vie à la première épouse de Goyart van Meervenne et obligea le jeune seigneur à passer de longues semaines immobilisé dans la maison de l'apothicaire chez qui on l'avait porté. Lorsque, revenant à la vie, Goyart découvrit à son chevet une jeune fille d'une grande beauté, il décida de demander sa main, contrariant fortement le père qui n'avait pas pensé élever sa fille pour en faire l'épouse d'un hobereau amateur de beauté, mais plutôt pour lui transmettre sa science, unique objet de sa ferveur.

Goyart, malgré la reconnaissance qu'il éprouvait envers celui qui l'avait soigné, consacra tous ses efforts à conquérir la jeune fille. Il lui promit une vie aisée qu'elle pourrait consacrer à ce qu'elle voudrait... pourvu qu'elle l'aimât un peu. Postellina, qui ne connaissait du monde que l'officine obscure de son père, se laissa tenter. Après trois années qui les virent aller par monts et par vaux, et même traverser quelques mers, un enfant s'annonça. Ils rentrèrent. Goyart avait découvert au cours de leurs pérégrinations le moyen de faire fortune, et Postellina rapportait d'Orient une quantité de livres suffisante pour étudier sa vie durant. Je naquis.

De mes premières années, je garde peu de souvenirs. La mémoire se travaille, et mon propre passé ne m'a jamais attirée. En me faisant violence, je parviens à réveiller en moi le sentiment de tristesse que j'avais de l'absence de mon père, souvent éloigné par ses voyages. Quand il revenait, il nous rapportait, à mon frère et à moi-même, des cadeaux exotiques, mais toujours j'espérais qu'il repartirait rapidement, craignant de m'habituer à sa trop tonitruante présence qui bouleversait toute la maison et me ravissait. Parti de peu, une aisance de petit hobereau, mon père avait fait fortune grâce au commerce de produits qu'il importait d'Orient. Sagace et audacieux, il ne craignait pas pour sa grandeur patricienne l'indignité du statut de marchand et, au contraire, ses succès rapides faisaient de cet homme truculent un personnage apprécié et recherché de tous.

L'un des événements marquants de mes premières années fut la construction d'une demeure neuve qu'entreprit mon père dès qu'il fut sûr de sa fortune. Cette énorme bâtisse s'éleva à partir de rien, entourée d'une pièce d'eau, à la croisée des terres appartenant à la famille van Meervenne. Quand la mémoire s'entrouvre, c'est un flot qui se répand. Surgissent pêle-mêle des fragments de passé épars : le sourire d'Antoinette, ma nourrice, les chansons enfantines ânonnées devant l'âtre, l'enthousiasme candide des femmes lorsqu'on ramassait pour fêter le printemps les premiers chatons des arbres, argentés et soyeux telles des petites bêtes, le vertige des processions qui se déployaient comme des chenilles, l'odeur de la cire...

À peine sorti de l'enfance, mon frère courtisait les filles de ferme, n'aimant rien tant que s'attabler dans un estaminet devant un pot de bière. Il avait la jambe gauche plus courte que la droite et une tête fort grosse dont il avait grand honte. Il était de douze ans mon aîné et m'ignorait si complètement que je faisais de même à son égard. Je grandissais parmi les servantes, aux côtés de Maria Mies, la fille du précepteur de mon frère et de dame Claude, une cousine qui gouvernait notre maison que ma mère négligeait tout à fait.

Dans notre demeure à l'écart des chemins, le brouhaha des guerres ne nous atteignait pas, ou du moins ne le laissait-on pas m'atteindre, moi, la demoiselle. Entre dame Claude et Maria Mies, je me rendais aux messes le matin et le soir, je m'initiais à la lecture et à la tapisserie. Je ne me souviens d'aucune violence, d'aucun débat autour de moi. Dans la maison, tout s'apprenait de manière diffuse. L'on s'habituait aux nouveautés comme si elles faisaient partie du quotidien depuis toujours.

J'avais sept ans lorsque Postellina s'aperçut de mon existence et m'introduisit dans ses appartements. Postellina intimidait ses gens, et elle aurait pu rester pour moi, sa fille, une étrangère effrayante si je n'avais découvert à ses côtés le plaisir de l'étude. J'ignorais tout du monde et ne me doutais pas que la science de ma mère était bien peu commune.

J'appris le latin et le grec comme on apprend les règles d'un jeu ou les paroles d'un refrain populaire, avec facilité et entrain. Par-dessus l'épaule de ma mère, j'étudiais la géographie du monde des Anciens et lisais à voix haute de vieux recueils de médecine. Postellina n'était pas de celles qui expriment leurs sentiments mais parfois, lorsqu'elle me lisait des recueils de poésie, sa voix prenait des inflexions si tendres que c'était un miel doux qui s'infiltrait en moi. Quand dame Claude venait me chercher dans le cabinet d'étude aux tentures sombres, j'avais en sortant à la lumière les yeux éblouis et parfois des vertiges. Dame Claude me grondait d'être restée si longtemps la tête penchée sur les livres.

Lorsque j'eus treize ans, mon père me conduisit dans un couvent de Bruges afin qu'on m'y donnât une éducation plus classique. C'est là, pendant les quelques jours qui précédèrent mon enfermement, que je vis la mer et les vaisseaux remplis d'épices dont je rêvai encore longtemps après.

Au couvent, je découvris que j'avais bon caractère, et que j'étais opiniâtre et patiente chez moi cela allait de soi, personne ne me l'avait jamais dit. De même, je me rendis compte que j'avais aux côtés de ma mère accumulé plus de connaissances que quiconque, plus même que la supérieure du couvent, presque autant que certaines vieilles princesses qui vivaient là leurs dernières années et qui avaient côtoyé dans les cours royales des savants et des poètes. J'en fus surprise. Je découvris que penser était une activité réservée à quelques-uns et je compris le danger d'être différente. Plutôt que montrer mon savoir, je me faisais remarquer par ma discrétion et utilisai ma science à développer dans le potager un carré de simples inspiré de celui de ma mère, dont l'utilité fut immédiate auprès des malades que les religieuses recevaient dans l'hospice du couvent. Je me faisais apporter par mon père, lors de ses visites, des boutures et des graines issues de notre jardin, et lui demandais tout bas de me décrire les faits marquants et les nouveautés de ce qu'au couvent on appelait « le monde ».

Je ressortis à dix-huit ans, jeune fille dont la beauté des traits était loin d'atteindre la perfection qu'on attribuait à ma mère au même âge. En un sens, mon père en fut soulagé, Postellina avait été trop belle, et sa jeunesse avait brûlé trop vite, ce que Goyart ne me souhaitait pas. N'ayant d'autre idée me concernant, il voulut me marier, mais j'opposai une résistance têtue à toutes ses tentatives, et il y renonça. En me cherchant un époux, mon père n'avait rien voulu d'autre que m'offrir un avenir doré. Lorsqu'il comprit que je ne désirais pas la facilité, il cessa de m'importuner. Il était heureux, je crois, de pouvoir profiter de ma compagnie et il respectait l'originalité que je tenais de ma mère. Il l'avait tant aimée, ma mère, avant qu'elle commence à lui faire peur.

En réalité, j'ignorais ce que je recherchais. J'avais besoin de temps. Si ma curiosité pour le monde n'avait été aussi intense, je me serais sans doute retirée dans un couvent où j'aurais mené une vie plus sage que dans la société des hommes qui me paraissaient souvent fous et mauvais. Mais le goût de la science était ancré en moi, et, lorsque ma mère mourut, je repris ses activités.

J'avais trente-six ans lorsque mon père fit venir chez nous un peintre pour exécuter un panneau destiné à la nouvelle salle de banquet de notre demeure. On lui avait parlé du retour d'Anvers d'un jeune homme de notre ville qui répondait au nom de Jérôme et dont le travail tendait à la satire, voire au burlesque. Mon père adorait rire. Pressentant qu'il pourrait se faire remarquer comme découvreur de talents à la manière de certains grands princes, il fit mander le jeune peintre, et c'est ainsi que Jérôme apparut, telle cette comète rare qu'il ne faut pas rater car elle ne traverse le ciel que tous les dix mille ans.

Le jour où je vis Jérôme pour la première fois en ma demeure est lié au souvenir d'un énorme rire de mon père, qui provoqua une telle inquiétude dans le regard de celui à qui il me présentait que je lui vins en aide par un sourire charitable, moi qui n'étais pas aimable envers les hommes, notamment les inconnus. Je me souviens des commentaires chuchotés par Maria Mies que cet artisan endimanché rendait moqueuse, et je retrouve la saveur très particulière de la période qui a suivi.

Mon attirance pour Jérôme ne fut pas immédiate. Elle résulta d'un processus intérieur long comme l'apprentissage d'un savoir nouveau. J'étais, il ne faut pas l'oublier, une femme de science et de raison, et je n'étais plus, hélas, une toute jeune demoiselle. Et puis surtout, je le trouvais déplaisant. Son mépris pour la gent féminine me blessait. Pourtant, lorsque je m'y attendais le moins, Jérôme me transportait avec des reparties pleines d'un esprit mordant dont je me sentais proche. Certes, j'étais bien trop orgueilleuse pour éprouver de l'attirance pour un joli minois même s'il était brillant, mais Jérôme se mit à me troubler peu à peu, infiltrant mes pensées et me bouleversant tout entière, ce qui me déconcertait, moi qui croyais n'être qu'un pur esprit. Je ne me reconnaissais plus lorsque je me surprenais comparant son visage, sa voix, son intelligence à tous les autres visages, voix ou intelligences, comme une aune auprès de laquelle toute autre mesure était fausse.

Tant qu'il vécut parmi nous, je l'épiai et lui découvris mille mérites. Je me retenais de chanter ses louanges à chacun, mais j'aurais voulu entendre tous le faire et, au moyen de prétextes de plus en plus artificieux, je lançais la conversation à son sujet. C'était inepte. À l'instant où je découvris le travail de Jérôme, ce pour quoi finalement il était venu chez nous, la peur m'envahit. Cela n'avait rien à voir avec une peur physique comme celle que l'on peut éprouver au sommet d'une tour très haute, ou lorsque l'on se retrouve seul dans la forêt face à une bête sauvage, non, ma peur provenait de la sensation d'avoir été mise à nu, comme si ma personnalité intérieure, ma confiance orgueilleuse en l'humaine intelligence et mon incapacité de croire sans douter étaient étalées aux yeux de tous sur le panneau que Jérôme avait peint. Et telles qu'il les avait représentées, c'était risible et pitoyable.

Aux côtés de mon père et de Jérôme, je n'exprimai rien de mon émotion. Même, quand se furent achevées les fêtes organisées par Goyart et que Jérôme fut sur le départ, je ne dévoilai mes pensées à personne. Je laissai Jérôme quitter notre maison. Son œuvre restait, je voulais m'y confronter, la comprendre pour me comprendre.

Des heures durant, je contemplai le panneau peint. Mais j'avais beau tenter d'analyser ce que j'avais sous les yeux, il y avait dans le travail de Jérôme des forces pour lesquelles je ne trouvais pas de mots et qui me défiaient. La peinture surprenait le visiteur, à peine pénétrait-il dans la salle de banquet, par l'opposition harmonieuse des tons intenses de rouges et de bruns de ses premiers plans avec les bleus pâles et doux du paysage panoramique représenté en arrière-plan. Surtout, le panneau frappait par sa vie rythmique interne dont on découvrait le foisonnement en le regardant de près. Son sujet, l'incrédulité de saint Thomas, n'occupait qu'une petite partie de l'ensemble. Outre le groupe principal, le Christ ressuscité et les apôtres, on trouvait, disséminés dans l'espace, toutes sortes de personnages. Bien que représentés avec un modelé sommaire, ils avaient des physionomies précises quant aux expressions que le peintre avait décidé de leur faire porter. On reconnaissait l'incrédulité, la bêtise, la méchanceté, l'orgueil, la paresse (on voyait un homme endormi dans les champs, non loin de l'entrée du

Tombeau, ignorant l'incroyable portée de l'événement qui se passait si près de lui) et bien d'autres encore. Chacun pouvait se retrouver dans la satire, et en rire, ou en pleurer.

J'en étais contrariée et troublée. Plus je regardais le tableau, plus mon admiration pour le peintre croissait. Je me disais : « Il faut que je revoie cet homme », mais dans ma pensée cette revoyure durait autant que mon sentiment pour lui, ce qui ne pouvait signifier qu'une chose pour une femme comme moi. En amenant mon père à me parler de Jérôme, je m'aperçus qu'il partageait mon enthousiasme non seulement pour le peintre, mais aussi pour l'individu. Bien que j'eusse conscience de nos différences sociales, je savais que je ne rencontrerais pas dans le monde entier d'intelligence qui me frapperait tant. Si le jeune homme timide et peu bavard possédait cet esprit doué, ses origines modestes et son métier ne nous empêcheraient pas de nous unir si je le décidais.

J'avouai mes sentiments à mon père un soir au cours du repas :

— Père, je veux épouser le peintre Jérôme. J'ai longuement réfléchi, ce sera lui ou le couvent...

Levant les yeux d'un cuissot de lièvre fumant, Goyart se mit à rire. Lui qui avait cherché parmi les plus nobles, les plus savants, les plus riches, bref ceux qui m'auraient donné accès aux sphères supérieures vers lesquelles je me sentais attirée, les sciences, les beaux livres, les voyages, il trouvait désopilant que j'eusse choisi après tant d'années ce peintre inconnu, un homme qui ne me rendrait la vie ni facile, ni libre, ni agréable. Un esprit supérieur certes, mais angoissé, et certainement mélancolique. Mélancolique, difficile, conservateur. Dès les premiers instants, je le savais.

2

Tourmenté, Jérôme l'avait toujours été. Dans ses premières années, il était la proie d'innombrables frayeurs et la nuit s'éveillait, assailli par des bruits. C'étaient des frémissements, des gémissements, des souffles rauques, toute la Multitude invisible. C'étaient les stridences exaltées d'instruments de musique, ou des voix qui chuchotaient à son oreille des mots interdits par l'abbé, à moins qu'elles ne lui susurrassent d'un ton mielleux ses pensées les plus honteuses : « Tes frères, tes frères, tu es meilleur que tes frères... Tu es plus méritant et plus habile qu'eux... »

Jérôme se retenait de hurler pour couvrir leurs murmures infâmes. Il désirait pourtant réveiller quelqu'un avec qui il partagerait son angoisse et qui l'en consolerait, mais que n'avait-il déjà essayé ? Goosen et Jan, ses frères, dormaient à ses côtés sur la paillasse, mais ses efforts pour les réveiller ne récoltaient aucun succès : Goosen, l'aîné, lui décochait des coups de pied par pur réflexe, pour défendre son sommeil, et la maison aurait pu s'écrouler sans que Jan, qui n'avait quitté le gouvernement de la nourrice que depuis peu, se réveillât.

Alors Jérôme se raisonnait. Il crispait les paupières et se concentrait sur la respiration régulière de ses frères ou sur le ronflement léger de sa mère, allongée près de son père dans le haut lit qu'un épais rideau protégeait du froid, des souris et de la curiosité des enfants. Tant qu'il avait les yeux clos, il pouvait se croire à l'abri de ceux dont provenaient les bruits. S'il tendait l'oreille, il entendait le vieux Hans marmonner en soupirant dans son lit armoire de l'autre côté de la cloison. Il guettait les craquements qui provenaient de la soupente où dormaient ses sœurs Katerijn et Herberta, ainsi que Lol, la nourrice, et Anneke, sa fille, leur sœur de lait. Il se disait que l'une de ses sœurs s'était retournée dans son lit, ou que Lol s'était levée pour pisser dans le grand pot de terre. Cela le faisait se sentir moins seul. Le plus souvent, pourtant, il ne parvenait pas à se rendormir et attrapait des crampes à force de crisper les paupières pour les garder fermées. S'il lâchait, l'Abominable l'assaillait. Trompes hurlant comme des loups blessés, harpes grinçant pires qu'un moulin abandonné aux vents, lamentations si misérables qu'elles ne pouvaient provenir que des damnés pour l'éternité.

Jérôme plongeait sous la couverture. En vain.

Les mots honteux se répercutaient à l'intérieur de son crâne, et les ricanements répondaient aux ululements. L'enfer était là, autour de lui. C'était insupportable. Jérôme appelait, n'en pouvant plus, son père, sa mère ou Lol, et l'un d'entre eux finissait par se lever. Les monstres, les habitants de ses rêves, les diables, qu'importe ce qu'ils étaient, la vérité était qu'ils fuyaient dès que Jérôme appelait à l'aide. Mais il le faisait trop souvent pour ne pas être grondé. Dans la maison, chacun s'accordait pour dire que Jérôme exagérait et qu'il avait passé l'âge. On le punissait.

Une fois, sa mère l'envoya passer la nuit dans la cuisine. Pour le punir bien sûr, mais aussi pour éviter qu'il n'éveillât ses frères et sœurs avec ses gémissements. La cuisine était un antre aux parois incertaines. Recroquevillé sur le banc contre le mur du fond, Jérôme n'osait plus respirer. Le vieux Hans n'était pas loin pourtant, mais ses ronflements avaient des accents effrayants qui le transformaient lui aussi en créature hostile.

Le cœur de Jérôme battait violemment, pitoyable dans ses tentatives pour se libérer de l'oppression macabre. Il battait si fort qu'il ne perçut pas l'instant où les ustensiles se mirent en mouvement. Et pourtant, soudain, ici, là, tout près, à côté, en face, sur ce mur, l'autre, s'éleva un vacarme infernal. Les ustensiles se lancèrent dans une danse. Leurs membres inertes au jour grouillaient d'une frénésie jubilatoire. Leurs courtes pattes frappaient le carrelage, les cuillères cognaient la bassine à confiture ; les couteaux raclaient les écuelles ; les bols tressautaient sur place. Il n'y avait plus d'échappée, plus d'espace libre : ils étaient partout. Jérôme se mit à hurler.

Des pas se rapprochèrent. Les bruits cessèrent. La lueur de la bougie découvrit le visage courroucé de sa mère. Le fixant d'un air sévère, elle récita :

— « L'Éternel est ma lumière et mon salut : de qui aurais-je crainte ? L'Éternel est le refuge de ma vie : de qui aurais-je peur ? Quand ceux qui font le mal s'approchent de moi pour dévorer ma chair, mes adversaires et mes ennemis, ce sont eux qui trébuchent et qui tombent. Si une armée campait contre moi, mon cœur n'aurait aucune crainte : si une guerre s'élevait contre moi, je serais malgré cela plein de confiance... »

Jérôme s'accrocha à sa robe — c'était chaud, c'était doux, c'était tangible, enfin... —, mais sa mère le repoussa. Ses yeux brillaient d'un éclat dur, et il comprit qu'elle était non seulement en colère, mais aussi déçue de lui :

— Répète après moi, dit-elle sèchement, l'Éternel est ma lumière et mon salut...

Les mots sonnaient juste dans sa bouche. Ils étaient forts, ils devenaient des armes qui écartaient la peur. La mère n'avait aucune crainte, elle était pleine de confiance. Jérôme tentait de poser ses mots sur ceux qu'elle prononçait, mais il ne cessait d'être en retard et, dans sa bouche à lui, les mots restaient sans effet.

Comment tout cela avait-il commencé, Jérôme ne le savait pas. Il lui semblait qu'il avait toujours eu peur de la nuit et de tout ce qu'il y percevait, et que les autres ne craignaient pas.

L'hiver, par exemple, quand la nuit s'abattait d'un coup et qu'elle les surprenait au bord du canal gelé ou derrière le petit pont, sur la butte où l'on faisait glisser les luges. Ils passaient là les après-midi les plus froids de l'année, Katerijn, la sœur aînée, et les trois frères dont elle avait la garde.

Jérôme ne rechignait pas à s'asseoir sur la luge. Il aimait l'appréhension qui l'envahissait lorsque l'air vif lui fouettait les joues, que la luge prenait de la vitesse et qu'il ne savait jusqu'où elle irait. Mais qu'il courût dans la neige ou qu'il patinât sur la glace en agitant des grelots qui tintent, il gardait un œil sur le ciel. Lorsque le soleil disparaissait, son sang se glaçait. Il se rapprochait de Katerijn pour lui prendre la main :

— Katje, rentrons, s'il te plaît...

Contrairement aux autres, Katje ne le repoussait pas. Elle ne se moquait pas. Elle serrait ses doigts entre les siens et elle fronçait les sourcils pour imiter la mère, mais avec ses yeux limpides et sa bouche ronde, elle n'avait pas l'air sévère.

— Arrête tes histoires, Jérôme, tout va bien, regarde !

Elle désignait Goosen aux joues rouges comme des pommes de sucre et Jan qui hurlait de joie parce que Goosen traînait la luge où s'était juché le petit et la lâchait soudain, et que la luge glissait rapidement pour se perdre au bas de la butte.

— Va jouer ! Le Diable ne tente que ceux qui le craignent !

Pour les autres, la fin du jour n'était que le moment où il fallait songer à rentrer parce que l'on n'y voyait plus assez. Même, les jours de lune, ils tardaient exprès parce qu'elle éclairait. Jérôme avait ces jours-là en horreur. La lune n'était qu'un leurre. Elle déplaçait les objets et transformait les distances. Elle faisait croire au jour au milieu de la nuit. Il les connaissait, les histoires que l'on racontait à son propos : les nuits où la lune dominait le ciel et éclairait le monde de sa lumineuse pâleur étaient les nuits préférées des bêtes sauvages. Les nuits de chasse et de sang. Les nuits où les esprits mauvais rôdaient, où les déserteurs des armées rejoignaient les bandes de voleurs et d'assassins de grands chemins.

Quand l'angoisse assaillait Jérôme, les idées que son père appelait « les idées noires » n'étaient jamais loin. C'étaient des idées défendues, des idées questions qui le faisaient douter de ce qui en plein jour lui paraissait évident. Jérôme était à peine sorti du giron de la nourrice qu'il se demandait pourquoi il était né et comment il fallait vivre si la mort attendait au bout.

Il imaginait les vers qui grignoteraient son corps s'il venait à mourir brusquement. Il voyait ramper vers lui leurs faces blêmes, et il avait beau remonter la couverture sur sa tête, les vers savaient qu'il se cachait et continuaient à avancer. Leurs corps frottaient le sol. Ils montraient des dents minuscules comme celles des poissons. L'air qu'ils déplaçaient était plus brûlant que l'air autour du feu. Jérôme se redressait, il criait : « Allez-vous-en ! Allez-vous-en ! » Il récitait les prières qu'il connaissait, et parfois les monstres reculaient.

Quand ce n'était pas aux vers qui rampaient, Jérôme pensait à Dieu, au temps imparti par Dieu. Il se demandait s'il y avait au-delà de l'obscurité une réponse qui lui révélerait un peu des secrets divins.

Le Paradis et l'Enfer, le père en parlait souvent, la mère aussi. Et l'abbé. Et Jos, le jeune clerc qui apprenait aux enfants à lire les lettres de l'alphabet. Mais pour Jérôme, le Paradis était une promesse incertaine. Il était au-delà de la mort, terrible en soi, et au bout de la vie, ce long ruban enroulé sur lui-même qui pouvait casser à tout instant. Jérôme ressentait la fragilité de la vie comme une douleur au fond de son ventre terrifié. Il avait conscience qu'il lui faudrait dérouler le ruban et en faire une vie qui serait bonne. Comment ? Il ne le savait pas. Sa seule certitude était qu'à l'heure de la mort il ne devait plus rien avoir à se reprocher.

Le père le lui avait expliqué. Il le prenait sur ses genoux et faisait taire ceux dont les récits avaient suscité ses questions. Le feu craquait dans le silence, la voix du père s'élevait. Tous, même les plus grands, écoutaient avec attention, comme s'il était des mots qu'il fallait entendre maintes fois avant de les comprendre ou d'y croire : les desseins de Dieu étaient secrets, mais ils étaient justes pour ceux qui suivaient la voie de la Pureté.

3

Nos noces furent célébrées avant le retour de l'hiver, selon le désir de mon père qui avait prévu pour ses affaires un voyage jusqu'à Rome et voulait éviter de partir avec la neige. Je renonçai aux terres latines pour les contrées plus mystérieuses des tableaux de Jérôme. La famille de Jérôme était présente, le père et son épouse, ses frères, les oncles, les tantes, les cousins. Jérôme frémit les nuits et les jours qui précédèrent la noce rien qu'à la pensée de cette rencontre entre les van Meervenne et les siens, entre ces patriciens cultivés et ces artisans fiers.

Mon père devina son appréhension et voulut le rassurer · son propre fils, amateur invétéré de bières et de filles, était celui d'entre tous les invités dont il craignait le plus l'esclandre tant il avait de fâcheuses habitudes, qu'il tenait d'ailleurs de son père... Et Goyart de s'esclaffer de son rire tonitruant en tapant le sol de ses grosses bottes de cuir fin :

— Et votre future épouse, votre fiancée, vous croyez que j'en suis fier à tous points de vue ? Une rate de bibliothèque, une femelle latiniste, vous croyez que j'aime à l'exhiber devant la populace ?

Jérôme ne put que sourire de l'humour de Goyart, et au jour dit, tout se passa bien. Ou plutôt, tout passa comme passent les moments redoutables. Les cloches sonnèrent longuement ainsi qu'il convenait pour célébrer une épousée de noble famille. Goyart offrit une fête somptueuse. Il n'avait qu'une fille et il aimait que sa maison résonne de rires et de musiques. Il ne détestait pas non plus entendre louer ce qui venait de lui.

De la cérémonie, j'ai presque tout oublié. Mes oreilles bourdonnaient, j'avais le cœur palpitant et la bouche sèche. Jérôme m'intimidait, mais quand je le regardais, il avait l'air épouvanté, et je serrais ses doigts entre les miens jusqu'à ce qu'enfin il me sourît.

Quand vint la nuit, on nous mena dans une chambre aussi vaste que le hall d'un palais où le moindre soupir sonnait comme un vent tumultueux. C'était encore une idée de mon père que de nous faire dormir dans la salle d'armes. Il s'était depuis peu plongé dans d'antiques romans de chevalerie, et leur contenu le portait à exalter dans son quotidien le fabuleux et le courtois de ces temps révolus. Entre les armures de belliqueux ancêtres dissimulées sous de grandes tentures et les pétales de fleurs qui jonchaient le sol, le lit recouvert de damas broché semblait un îlot perdu au milieu d'un océan. Mis en verve par la circonstance, le décor et le vin, Goyart fit un discours où les grivoiseries teintées de piété religieuse laissèrent les assistants grandement émus, puis il se retira, entraînant avec lui les invités qui se dispersèrent pour continuer la fête.

Près de moi se tenait Hieronymus van Aken Bosch, mon époux devant Dieu. Jusqu'à cette nuit, j'avais pensé à lui comme à un esprit pur, et voilà qu'il était là, debout près du lit préparé pour nos épousailles, un homme, un inconnu. Je n'étais plus qu'une demoiselle intimidée tandis que Jérôme prenait conscience que j'étais aussi une fille d'Ève, celle qui avait entraîné l'homme sur les chemins de la désobéissance, lui apprenant l'insatisfaction et l'orgueil. J'étais moi aussi une créature animale pleine du désir de transmettre la vie.

Plus tard, Jérôme devait m'avouer que jusqu'à cet instant il n'avait jamais pensé à moi autrement que comme à l'une de ces inaccessibles saintes nimbées de gloire et de perfection. Une image de pureté, de celles qu'il admirait dans les tableaux des grands maîtres. Tandis que je me déshabillais entre les mains d'une servante, il me regardait en hésitant. Étais-je là la même Aleyt, sa pure Aleyt, cet esprit fin qu'il admirait ? Il ne parvenait pas à croire que je puisse être de la même nature que les femmes qu'il avait connues avant moi. Je n'avais rien à voir avec ces femmes-là. Le plaisir des sens n'avait rien à voir avec moi, et Jérôme n'éprouvait face à mon corps rien du désir qui l'avait saisi pour le corps d'autres femmes. L'idée de reproduire avec moi l'acte charnel l'épouvantait comme une profanation.

Jérôme fit quelques pas sur la terrasse pour respirer la nuit. La servante sortit, me laissant seule, désemparée. Je me disais : « C'est ma vie, c'est un instant de ma vie », sans parvenir à m'en convaincre. Je cherchais à comprendre ce qui m'avait menée là, quelles impulsions ou volontés. Elles ne me paraissaient pas humaines. Elles me dépassaient. Alors Jérôme revint, et nous nous unîmes.

4

Se lever matin ne demandait pas d'effort à Jérôme, contrairement à son frère Goosen qui s'accrochait à la couverture jusqu'à ce que leur mère se fâche. Jérôme était un lève-tôt. Il s'éveillait quand le soleil perçait la nuit, jamais avant, ni après, toujours à cet instant précis. Il en était sûr à cause du rayon de lumière qui frappait le miroir à l'angle de la chambre. Il ne savait pas comment le rayon passait, par un interstice entre les planches du volet, ou par le trou d'un insecte dans le gâchis, mais il frappait le miroir, puis disparaissait comme si le soleil se pressait pour aller d'une maison à l'autre. C'était du moins ce que Jérôme pensait lorsqu'il quittait son lit et se faufilait hors de la chambre où sifflaient les respirations des dormeurs.

Dans la cuisine, il trouvait Hans occupé à ranimer le feu. Hans était un vieil homme, un compagnon du grand-père. Quand il soufflait sur le feu, il rougissait, et ses yeux roulaient dans leurs orbites. Jérôme venait à son aide, grattant et soufflant sur les braises récalcitrantes jusqu'à ce que des flammèches crépitent. L'hiver, l'eau était gelée dans l'écuelle du chien sous la fenêtre et parfois même dans le grand seau où les habitants de la maison prenaient l'eau. Le vieux Hans soulevait le seau et l'accrochait à la crémaillère afin que la glace fonde et que la mère puisse faire la soupe.

Le vieux Hans coupait le pain qu'il sortait de la huche. Jérôme buvait du lait caillé et enfouissait un morceau de pain dans sa poche. Il était impatient de quitter la maison et il le faisait sans bruit, comme un voleur. Les jours où il ne se dépêchait pas suffisamment, sa mère l'attrapait pour lui frotter la peau derrière les oreilles et l'envoyer à l'école avec son frère. Il était trop petit pour apprendre, mais la mère estimait qu'il n'était jamais trop tôt pour s'habituer à l'alphabet. Aussi Jérôme se méfiait-il, quittant le lit dès que le jour paraissait, sans profiter de la tiédeur des draps.

Sitôt sorti, Jérôme courait aux portes de la ville. Il y parvenait au moment où les sentinelles actionnaient les lourds battants pour laisser entrer les paysans qui poussaient leurs charrettes de légumes jusqu'à la halle située derrière les abattoirs. Jérôme passait en trombe sans écouter les plaisanteries et les mises en garde que les soldats de l'octroi lui adressaient. Parfois, il arrivait plus tôt que l'ouverture des portes et il se faufilait sous une tour de guet, dans un boyau prévu pour l'évacuation des eaux sales, un passage qu'il avait découvert en suivant une petite chienne et qu'il n'avait révélé à personne, pas même à ses frères.

Le boyau était étroit et puant. Jérôme retenait sa respiration et posait les pieds l'un après l'autre le long des parois, avec précaution, pour ne pas tomber dans l'eau saumâtre qui coulait au milieu. Quand la clarté vive du jour réapparaissait, il respirait à nouveau.

Hors les murs, la splendeur grandiose du paysage le saisissait. Les prés à perte de vue s'offraient dans la lumière dorée du levant. Des gouttelettes brillaient de mille éclats irisés, et la brume s'évaporait en montant comme une fumée, révélant selon les saisons la nudité de la végétation ou sa luxuriance. Jérôme suivait le lit du ruisseau jusqu'au dernier moulin. Là, commençait le royaume des herbes ondoyantes où, sans hésitation, il pénétrait. Perdu dans les joncs plus hauts que lui, il oubliait le monde et avait l'impression d'en être oublié, un peu comme s'il n'était jamais né.

L'herbe était presque aussi haute que lui. Ses pieds nus laissaient des empreintes profondes dans le sol humide, comme s'il était lourd ou énorme, et lorsqu'il se retournait pour les regarder, les traces se résorbaient lentement. Le temps qu'un nuage traverse le ciel, les traces disparaissaient. La boue noire était intacte. « Je ne suis rien, pensait Jérôme. Rien de plus qu'un de ces insectes qui s'agitent autour de moi et dont l'existence est éphémère. Je fais partie du grand tout vivant et ne dois pas m'en plaindre. Père l'a dit : le mystère est trop grand pour nos petites caboches d'hommes. »

Cette habitude de se lever matin pour marcher dans la campagne, c'était son oncle Thomas qui la lui avait inculquée. L'oncle toussait sans arrêt et devait respirer chaque jour l'air large des prés. Jérôme avait quatre ans lorsque l'oncle l'avait emmené pour la première fois.

C'était un homme de haute taille qui glissait plutôt qu'il ne marchait entre les joncs des marais et les arbres de la forêt. Jérôme peinait pour le suivre tant ses foulées étaient longues. L'oncle Thomas était un homme savant. Il pouvait nommer les plantes, les champignons, les arbres, les insectes et les oiseaux. Jérôme répétait les noms, apprenant à distinguer les splendeurs de la création. Lorsque l'oncle Thomas sentait que l'enfant n'en pouvait plus, il le soulevait de terre et le juchait sur ses épaules. Jérôme avait l'impression de voir la campagne d'aussi haut que de la cime d'un arbre.

Quand l'oncle mourut, cet hiver où les canaux restèrent gelés bien plus longtemps que les hivers précédents et pendant lequel l'oncle avait été privé de ses sorties où il faisait, comme il disait, « marcher ses côtes », Jérôme se convainquit de la nécessité vitale de ces promenades quotidiennes.

Lorsque le dégel arriva, il décida d'en perpétuer la tradition. La première fois, il entraîna Jan, son frère cadet, mais celui-ci était encore si petit qu'il se mit à pleurer à peine sorti de la chambre. Jérôme n'insista pas. Il souleva sans son aide la lourde clenche en bois. Il sortit seul.

La rue était déserte et silencieuse. Les pavés brillaient de ce qui restait de l'humidité de la nuit. L'univers semblait suspendu dans une attente immobile. Jérôme frissonnait de froid et de peur. La ville lui était inconnue avec ses volets clos, ses allées vides, traversées seulement par un chien ou un chat en quête d'aventure. Jérôme passa devant une basse-cour qui s'éveillait, il entendit les chants enthousiastes des oiseaux, les piétinements et les grognements des vaches et des chevaux qui secouaient la nuit collée à leur pelage, chacun fêtant sans retenue le renouveau du jour. Jérôme comprenait la joie des animaux, il la partageait. Et parce qu'il était seul, le monde venait au-devant de lui.

Le but de ses promenades était souvent le même, un arbre qui avait poussé isolé au milieu des herbes. Jérôme se souvenait de la première fois qu'il y avait grimpé, cette occasion unique où son frère Goosen l'avait invité à courir le canard avec sa bande.

Le printemps avait commencé tôt cette année-là. Les canaux transportaient encore des débris de glace, mais les primevères fleurissaient le long des talus, et les bourgeons des arbres avaient éclaté. La troupe de garnements dont Goosen était le chef s'était présentée à la porte de la maison. Goosen, sans même demander la permission à Lol ou à leur mère, avait lancé à Jérôme :

— On va chasser, tu veux en être ? Je te nomme mon lieutenant.

Goosen attendait. Jérôme hésitait. Il regardait avec une curiosité mêlée de fascination les garnements qui entouraient son frère. Ces enfants-là n'avaient peur ni de l'obscurité, ni des bagarres, ils ne craignaient pas même les punitions. Jérôme avait d'autres jeux que les simulations de tournois ou la chasse aux moineaux et il n'avait pas l'intention d'attaquer les canards comme eux, si habiles à la fronde, mais la proposition de son frère lui donnait l'illusion d'être semblable aux garçons de son âge. Jérôme devinait que Goosen ne l'avait invité que pour ennuyer leur cousin Jasper, son compère habituel, avec qui il s'était querellé, mais malgré cela, il se sentait flatté de cette attention inattendue de son aîné. Il enfila ses sabots et se joignit à la troupe.

Ils sortirent de la ville. L'un des garçons avait accroché un chiffon à une baguette de saule et il la balançait dans le vent comme un étendard. Il y eut une vague dispute à propos d'une cage que l'on avait omis d'emporter. Certains chantaient. Jérôme sentait que tous l'avaient oublié, et c'était tant mieux car il avait craint leurs taquineries. Ils pénétrèrent dans les marais et se dispersèrent pour chasser. Goosen disparut. Jérôme se retrouva en compagnie de deux garçons de petite taille et il les regarda avec stupeur capturer une alouette, qui, il faut le dire, est une proie plus facile qu'un canard.

Les oiseaux, Jérôme les connaissait tous par leur nom. Mésanges, pinsons ou bergeronnettes, il les observait avec la même passion que les fleurs ou les insectes. Leur joliesse et la palpitation de leur vie délicate étaient à ses yeux proches de celles qu'il prêtait aux anges. Lorsqu'il vit les enfants écarteler l'oiseau afin d'en accrocher chacun une patte à la ceinture, il se sentit au bord des larmes et traîna le pas. Les garçons s'éloignèrent, Jérôme se retrouva seul au pied d'un arbre qui avait poussé au milieu des joncs, un orme de haute taille dont les feuilles dentelées commençaient à se déplier. Il y grimpa. Ses larges branches lui faisaient une cachette parfaite, et aussi un poste d'observation d'où il regarda la joyeuse bande continuer sa sanglante promenade avant de disparaître, avalée par les hautes herbes.

De la cime de l'arbre, Jérôme aperçut la ville. Dans la douceur dorée de la lumière matinale, avec ses tours d'églises, ses remparts, son gibet et ses moulins, elle avait les contours indécis d'une apparition céleste. C'était la ville où il était né. Il n'en connaissait pas d'autre. Alors la lumière du levant perdit de son éclat, et la ville lui apparut sans défense, minuscule sur l'horizon, pareille à l'un de ces modèles en bois que l'on pouvait admirer dans les églises, miniatures de bâtiments ou de bateaux qu'un souffle d'air faisait vaciller sur leur socle.

Jérôme revint souvent dans l'orme. Calé sur une branche, il observait la population se disperser dans la campagne. Il voyait tout sans être vu : les femmes qui conduisaient les vaches et ramassaient des herbes pour l'officine ; les hommes qui fauchaient les champs, abreuvaient le bétail ou se battaient ; les enfants qui se dirigeaient en groupe vers la rivière en brandissant leurs cannes à pêche ; les jeunes filles qui cueillaient les fleurs dont elles iraient décorer les autels des saints et celles qui avaient donné rendez-vous à un galant ; les bergers qui passaient en sifflant leurs chiens ; les marchands et leurs mules chargées de grands paniers qui avançaient sur la route ; les soldats qui poussaient des prisonniers, les moines mendiants qui allaient des uns aux autres pour demander l'aumône.

C'était un spectacle aussi captivant que celui des Mystères représentés à l'occasion des fêtes. Les personnages minuscules qui s'agitaient dans le paysage avaient un air cocasse que n'avaient pas toujours les histrions sur l'estrade et ils passionnaient d'autant plus Jérôme qu'il s'imaginait être à leur place : il lui était plus facile de devenir un paysan ou un riche marchand voyageant en litière que d'incarner saint Christophe, saint Joseph ou le roi David.

Quand le soleil atteignait son zénith, Jérôme redescendait. Il se couchait dans l'herbe. Les yeux fixés sur l'azur, sur les nuages qui filaient comme des rêves, c'était comme s'il pénétrait dans le ciel à la suite des oiseaux. Toujours, il s'endormait.

5

Au début, les premières nuits après nos épousailles, j'attendais sans dormir, effarouchée mais impatiente, que Jérôme s'allonge à mes côtés. Je l'attendais, immobile dans l'obscurité, mettant en ordre dans mes pensées l'intensité soudaine de ma vie de femme, et le cri du veilleur qui passait dans la rue donnait corps à l'écoulement du temps.

Jérôme appréciait le présent, mais, au contraire de moi qui le savourais dans l'instant et dans lui seul, il ne parvenait pas à le concevoir sous cet aspect unique. Il en jouissait tout en en connaissant le prix. Sa fuite inexorable.

Jérôme travaillait tard le soir. Lorsqu'il me rejoignait enfin, aux heures les plus ténébreuses, il se glissait furtivement dans notre chambre et restait debout loin du lit. Sans doute me regardait-il en hésitant. Dieu sait ce qu'il pensait alors. Je feignais de m'éveiller, je l'appelais, il approchait. Il m'étreignait en silence, puissamment, les yeux fermés, puis se tournait, et j'entendais le murmure d'une prière.

De la même façon que j'avais apprivoisé une biche dans le parc de mon père, j'avais rendu Jérôme moins sauvage. Je le retenais lorsqu'il se détournait de moi, je lui chantonnais des airs comme à un petit enfant, je lui posais des questions. Je m'efforçais de briser la barrière de silence qu'il avait érigée entre lui-même et le monde. Je la grignotais comme une souris qui, nuit après nuit, élargit le trou dans l'épais sac de chanvre où sont enfermés les grains.

Jérôme était si silencieux, si discret. Il n'avait jamais appris à parler de lui-même. Il ne parlait d'ailleurs que lorsqu'on lui adressait la parole. La nuit, lorsqu'il sortait de son atelier après plusieurs heures de travail, il était épuisé, mais justement cette fatigue immense ouvrait en lui la vanne des confidences :

— Ma mère, j'aurais voulu que tu la voies...

— J'ai certainement dû la croiser à l'église.

— Que tu la voies. Qu'elle te voie... Son regard mettait les âmes à nu.

Durant la journée, j'étais épuisée. Maria Mies, la gouvernante de notre maison, me trouvait somnolant sur mes ouvrages. Elle me sermonnait. La paresse ? Non, je n'étais pas paresseuse... Mais comment expliquer ? Maria Mies n'aurait pas compris. Elle était suffisamment offusquée par les manières de Jérôme et par le métier qu'il exerçait. Elle s'en offusquait parce qu'il était mon époux et que moi, Aleyt van Meervenne, j'aurais dû épouser un gentilhomme et non pas un peintre, un travailleur manuel.

Je m'adaptais. J'apprenais à dormir en attendant Jérôme. Mon sommeil était léger, mais revigorant. Je m'éveillais dès qu'il poussait la porte de la chambre. S'il voulait du repos, nous nous endormions ensemble. S'il désirait parler, je l'écoutais. Quelle que fût l'heure, j'étais là, pour lui, prête.

— Ces idées noires... Tu sais ? Tu n'en as jamais eu ?

— Non. Il me semble avoir toujours trouvé toutes les choses à leur place et moi à la mienne.

— Les femmes se posent moins de questions. Enfant, j'avais peur de mourir...

— La mort fait partie de la vie.

Fixant tantôt le dais du lit, tantôt mon corps qu'il touchait de ses doigts tachés de couleurs, Jérôme racontait. Prise par la voix monocorde qui agissait sur moi comme un charme, je fermais les yeux pour mieux me pénétrer du monde qu'il dévoilait. Imaginer qu'il n'avait pas toujours eu ce dos voûté, ces cheveux striés de gris, ces yeux irrités aux contours plissés par les nuits de travail. Un regard ardent dans un corps osseux.

— Les femmes fautent sans remords. Elles ne vivent qu'au présent.

Au couvent, j'avais appris à me taire. Fixant la veinule bleutée qui tremblait à sa tempe, je restais silencieuse. Malgré notre intimité grandissante, je gardais envers mon époux une retenue que je ne m'expliquais pas. Les nuits à ses côtés se révélaient plus riches que les nuits de traductions grecques passées aux côtés de ma mère. Si les belles-lettres apprennent à l'homme à penser, elles ne lui apprennent pas à vivre.

— Une des premières fois où je t'ai vue, tu te querellais avec ton père, je ne me souviens plus pourquoi... Tes yeux étincelaient. J'ai pensé à ces princesses que les dragons enlèvent. Je t'imaginais attachée à un rocher, la robe déchirée et les cheveux au vent... Tes yeux intimidaient le monstre et il s'arrêtait, hésitant, à quelque distance de toi...

— Et tu me délivrais ?

— Moi ? Te délivrer d'un monstre ?

Jérôme riait, découvrant ses dents. Cela me ravissait lorsqu'il montrait un peu de légèreté, lui qui était si sévère dès lors qu'il s'agissait de traiter ses affaires, de se mettre au travail, ou lorsqu'il s'indignait d'une attitude qu'il jugeait répréhensible.

Une fois, je lui demandai ce qu'il appréciait hors de son travail, et Jérôme, prenant ma question très à cœur, réfléchit longuement avant de me répondre :

— Je ne sais pas.

Puis, il dit qu'il aimait marcher dans la campagne, sentir la terre molle sous ses pieds, humer les odeurs végétales. Qu'il aimait passionnément les livres, pour leur contenu bien sûr, où des mondes d'idées opposées se mettaient à votre portée, mais aussi pour leur aspect, leurs cuirs, leurs vélins qui étaient comme des peaux offertes à la caresse.

Je m'étais mise à sourire, et Jérôme rougit vivement. Évitant mon regard, il dit qu'il aimait aussi se tenir contre moi, mais, ayant avoué cela, il se leva et quitta la pièce en hâte.

Cette année-là, la première de notre vie commune, lorsque je vis le printemps revenir, je me laissai envahir par toutes sortes d'humeurs tristes. La vie avec Jérôme avait rendu passionnantes et précieuses les longues nuits d'hiver, quand le temps pour nous deux s'était comme effacé, mais j'avais conscience qu'avec la fin des froids s'achevait un épisode qui ne reviendrait pas. Je comprenais, en ressentant très douloureusement ce changement irréversible, que l'esprit tourmenté de Jérôme m'avait transmis le sentiment aigu de la fragilité humaine. Il m'avait donné ce qu'il portait en lui afin que je puisse l'accompagner dans la vie. Désormais, ses peurs étaient les miennes.

Par la fenêtre, je suivais la transformation des rameaux secs en branches où des bourgeons grossissaient lentement, où les oiseaux construisaient des nids pour leur nichée à venir. Des perce-neige apparaissaient sous le givre. La glace fondait sur les gouttières. C'était seulement un printemps de plus, mais le fait même de le remarquer mettait en évidence l'attente qui était née en moi.

Je guettais dans mon corps les indices d'une vie nouvelle, mais d'enfant, il n'y avait aucun signe. Les mois passèrent. L'été arriva. Nous partîmes pour le domaine agricole que mon père m'avait transmis en dot. Nous y passâmes une saison idyllique, partageant notre goût pour le végétal et le spectacle incomparable de la Création. J'accompagnais Jérôme dans ses sorties matinales tandis qu'il m'aidait à collecter des plantes médicinales que je disposais à sécher sur des claies avant de les moudre ou de les mettre en bocaux. C'est pendant ces longues marches à travers dunes et bois que la langue de Jérôme se délia complètement. Ce que j'entendais ne faisait que me confirmer ce que je connaissais déjà de lui, sa rigueur morale et sa mélancolie profonde.

L'automne fut doux et ensoleillé, riche en saveurs de fruits juteux et en odeurs de terres fertiles. Juste avant notre départ pour la ville, une jeune fille de la ferme vint me consulter en cachette de sa famille. Elle avait fréquenté un amoureux, mais le jeune homme venait de la quitter pour rejoindre les armées espagnoles. Elle était enceinte.

Cette jeune fille était désespérée à l'idée de porter un enfant tandis que je me languissais de ne pas sentir mon corps devenir maternel ! Cette situation me bouleversa, et j'étais tellement préoccupée par l'idée de ma propre infertilité que la colère m'envahit. Je lui fis signe de s'en aller.

— Il a signé pour cinq ans, insista la jeune fille, je vais être toute seule et en plus j'en ai rencontré un autre qui est meunier, on pense à s'épouser...

— Pourquoi tu ne lui dis pas que tu attends un enfant ?

— On a été sages jusqu'à maintenant. J'étais tellement malheureuse du départ de Jan.

— Tu peux... être moins sage, non ?

— Vous voulez que je lui mente ?

— Dis-lui la vérité, si ce garçon tient à toi, il comprendra.

Je ne pensais soudain qu'à cela, ne découvrant autour de moi que vaches pleines et chattes allaitant leur portée. J'allai rendre visite à une accoucheuse qui m'examina avant de me déclarer que j'avais trop attendu pour fréquenter les hommes et que je ne parviendrais jamais à enfanter. Incrédule, j'allai jusqu'à Anvers pour consulter un fameux chirurgien, mais l'homme de science, après m'avoir longuement tâtée, confirma ses dires.

L'exaltation qui avait été la mienne durant cette première année aux côtés de Jérôme s'émoussa. L'idée de rester stérile m'était insupportable, moi que ce sujet laissait indifférente avant de connaître mon époux. Je fis part à Jérôme de ce que je venais d'apprendre, prête à essuyer sa colère.

Jérôme m'écouta en silence puis, à mon grand étonnement, voulut me consoler. J'étais une femme de science et lui-même un homme d'art. Peut-être nous étions-nous montrés trop sûrs de nous-mêmes, trop orgueilleux. Il nous fallait accepter notre destin et comprendre que toute tentative humaine de marquer le temps n'était que vanité. Ces paroles exprimaient ses préoccupations les plus profondes, et je me sentais proche, si proche de lui. Mais comme j'étais malheureuse !

6

Sa mère disait souvent :

— Jérôme est un rêveur, que va-t-on faire de lui ?

Le père la rassurait : lui aussi, à l'âge de Jérôme, était accusé de rêvasser sans cesse.

— C'est une bonne protection contre la bêtise humaine, un rempart qui vous évite douleurs et déceptions, ajoutait-il en souriant tristement.

Il attirait Jérôme sur ses genoux et l'entourait de ses bras maigres, croisant les doigts charnus de l'enfant avec les siens, semblables à des pattes d'araignée.

Le père de Jérôme était un homme osseux, comme ses frères. Tous, ils étaient quatre fils, avaient appris et perpétué le métier de leur père, artisan peintre, et dans ce métier très physique, ces hommes apparemment frêles déployaient une force qui ne cessait d'étonner.

Durant sa petite enfance, Jérôme jouait souvent dans l'atelier familial et jamais ne l'avait effleuré l'idée qu'il pourrait emprunter une autre voie que celle de son père ou de son grand-père avant lui : il serait peintre, voilà tout. L'odeur des couleurs écrasées était inscrite en lui comme pour d'autres le goût du vin ou la nécessité de vivre au grand air. Dans la cathédrale de la ville, il y avait une fresque qui représentait un Christ en croix, un travail qu'avait effectué longtemps auparavant le père de son père. Cette fresque fascinait Jérôme. Il n'avait aucun souvenir de son grand-père, mort l'année de sa naissance, mais quand il s'ennuyait durant l'office, il se plantait devant le grand Christ pâle et il tenait des conversations familières avec celui qui l'avait peint, cet homme dont sa chair était issue.

Une fois que Jérôme jouait avec le chat sous la table de la cuisine, il entendit la mère dire au père :

— L'abbé est passé hier. Il m'a proposé de prendre Jérôme à l'abbaye. Il dit que Jérôme y fera son chemin.

Jérôme s'immobilisa tandis que le père faisait quelques pas vers le feu. La mère ajouta :

— Jérôme est fragile, il souffre de la violence des autres enfants, il n'est pas fait pour le monde.

Le père répondit :

— Nous avons besoin de main-d'œuvre à l'atelier. Remercie l'abbé, nous en reparlerons s'il s'avère nécessaire.

Malgré la réserve du père, les propos de sa mère

inquiétaient Jérôme qui la savait entêtée et soumise à l'abbé. Il commença à se méfier des membres du clergé, et principalement de Hus, le secrétaire de l'abbé qui venait fréquemment à la maison pour passer des commandes.

Hus était un modèle de politesse et d'affabilité. Il faisait la morale à tout sujet, levant haut ses mains moites et molles. Il indiquait les prières qu'il fallait respecter, les heures des messes, les jeûnes. Lorsqu'il quittait la maison, la mère restait mélancolique, jeûnant ou veillant tard dans la nuit. Quand le père faisait remarquer que la piété ce n'était pas que cela, ces rites si aisément accomplis, elle prenait un air horrifié, et Hus levait son doigt d'un air docte avant de se mettre à discourir en latin.

— La vraie piété est dans une certaine disposition du cœur, disait le père en s'éloignant.

Un jour, Jérôme vit Hus embrasser une fille. C'était à cette heure du jour où la cathédrale était vide. Des ouvriers maçons se tenaient sous le porche et avalaient leur déjeuner, se délectant de la chaleur douce d'un beau soleil d'hiver. À l'intérieur, un groupe de mendiants somnolait près du tronc des pauvres, et leurs ronflements grondaient comme la colère divine. Jérôme rapportait une lourde paire de chandeliers que son père avait passés à l'or fin. Soudain, il aperçut la silhouette de Hus dans l'une des chapelles en construction sur le côté du chœur. Il s'approcha et vit que Hus tenait une fille par les épaules, une maigrichonne qu'il connaissait pour l'avoir vue vendre des œufs sur le marché où il accompagnait la mère. La fille gloussait et se débattait. Jérôme se cacha vivement derrière un pilier. Il vit Hus passer une main sous les jupes de la fille en grondant de sa voix profonde :

— Le Ciel te punira si tu ne m'obéis pas !

Puis il lui exposa avec moult détails les châtiments qui attendaient ceux qui désobéissaient. La fille tremblait. Les chausses de Hus glissèrent au sol, révélant des fesses blanches et rondes. Il se serra contre la fille qui se mit à rire par saccades.

Jérôme restait figé, un sourire idiot sur les lèvres, captivé par la frénésie bestiale du prêtre, mais quand le spectacle se termina, il abandonna discrètement les chandeliers sur un autel et quitta l'église sur la pointe des pieds : il ne devait pas sous-estimer la puissance de Hus, car qui disait que les châtiments dont il avait menacé la fille ne lui échoiraient pas, à lui qui avait épié ce qu'il ne fallait pas ?

À l'époque de sa naissance, les parents de Jérôme logeaient dans la maison familiale, sise dans une rue qui menait à la cathédrale et qu'empruntaient paysans et marchands se rendant aux halles. Non loin, se trouvait la forge où les marteaux résonnaient sur l'enclume. Face au lavoir avoisinant s'élevait le four à pain dont s'échappaient des effluves qui enivraient les riverains.

Le rez-de-chaussée de la maison était occupé par la grand-mère sourde, les oncles Thomas et Jan ainsi que par Lysbeth, l'épouse de Jan. À l'étage, logeaient Jérôme, ses parents et ses frères et sœurs. Tout en haut vivait l'oncle Goosen avec sa femme et ses enfants. Au-dessus de l'atelier qui jouxtait le bâtiment principal logeaient les apprentis. La maison était animée du matin jusqu'au soir. Les enfants étaient nombreux. La cuisine contenait avec peine sa population de femmes affairées. Il fallait satisfaire tous les appétits et accueillir les visiteurs avec de la soupe chaude ou des tourtes.

Tout le monde travaillait en commun. L'atelier, accessible par une petite cour à l'arrière de la cuisine, se composait d'une pièce unique, immense et haute de plafond. Son mur du fond était encastré dans une ancienne muraille de la ville, et il fallait pour en sortir les bois et les retables sculptés traverser la courette et la cuisine sous les quolibets des femmes ou les hisser au moyen d'une poulie directement dans la rue au-delà du mur. Du bâtiment d'habitation, on entendait scier, clouer, jurer les hommes. C'était un univers chaotique et réjouissant, un monde de pièces de bois, de rouleaux de tissu, de bouteilles d'encre, de flacons de couleurs et de feuilles d'or.

Lorsqu'ils emménagèrent dans la maison neuve

sur la place du marché, Jérôme quitta à regret l'animation de l'atelier pour la vie pondérée à laquelle la mère aspirait. Celle-ci voulait diriger sa propre cuisine et ne pas voir l'éducation qu'elle inculquait à ses enfants contrariée par celle que ses belles-sœurs donnaient aux leurs. Jérôme était encore petit, mais il ressentit ce déménagement comme une coupure profonde entre une certaine innocence des premiers âges et l'enfance proprement dite.

Désormais, le père se rendait seul à l'atelier et il interdisait à ses enfants de l'y accompagner. Il prétendait que l'atelier était un lieu dangereux depuis que son frère, l'oncle Jan, avait reçu sur le dos une poutre d'échafaudage qui l'avait rendu infirme. En disant cela, le père évitait un sujet de querelle avec la mère, laquelle soutenait que l'un des apprentis faisait la cour à Katerijn et que l'oncle Goosen parlait un jargon malpropre. En fait, l'accident de l'oncle Jan avait terrorisé la mère qui, croyant écarter ainsi la possibilité d'un tel malheur pour les siens, lui rendait souvent visite et lui apportait des cadeaux.

La mère était persuadée que se figurer à l'avance les infortunes, puis prier, les empêchait de survenir. Sa tête était pleine des images anticipées des malheurs qu'elle imaginait quotidiennement selon les activités de ses proches. S'il survenait malgré tout un accident auquel elle n'avait pas pensé, elle s'accusait de négligence. Elle se faisait du Diable l'idée d'un grand imaginatif qui n'aimerait rien tant que de surprendre les hommes au moment où ils s'y attendaient le moins. La nuit, Jérôme entendait sa mère réciter d'interminables litanies, et il arrivait qu'elle quitte son lit pour se mettre à genoux, les mains jointes, aussi immobile qu'une orante de pierre. Jérôme devinait que la mère, elle aussi, redoutait les nuits de lune et les hurlements des loups, mais ce qu'elle redoutait plus que tout était le feu.

La mère craignait le feu comme un chat craint l'eau. Sa crainte s'étendait aux chandelles qu'elle ne distribuait que parcimonieusement. Chaque soir, elle faisait trois fois le tour des foyers de la maison pour vérifier que pas une n'était susceptible d'être dangereuse durant la nuit. L'hiver, leur habitation était l'une des plus mal chauffées de la ville. Les clients du père et les voisins s'étonnaient toujours du froid qui y régnait, et c'était un sujet de plaisanterie pour la famille du père qui voyait dans cette économie une preuve de l'avarice de la mère.

Katje avait raconté à Jérôme que la maison où était née la mère avait brûlé lorsque celle-ci était enfant. Cela expliquait peut-être une telle terreur. Pour sa part, Jérôme gardait le souvenir d'une nuit, à l'époque où un bébé du nom de Tom vagissait dans le berceau à bascule : il avait été brutalement emporté par la mère tandis que Père portait Katerijn et le bébé Tom, et que le vieux Hans traînait Goosen par la main. Ils s'étaient perdus dans la foule des habitants de la ville qui fuyaient vers la porte sud, celle qui menait à la grande mare. Là, s'arrêtant de courir, ils avaient fixé les flammes qui s'élevaient sur les toits et dévoraient leurs foyers. Jérôme se souvenait du visage affolé de sa mère contre le sien et des implorations qu'elle adressait à Dieu.

Un après-midi, la mère attrapa Jérôme par le bras et le traîna dans les rues. Jérôme tremblait à l'idée qu'elle le conduisait à l'abbaye en dépit de ce qu'avait décidé le père. Mais la mère désirait seulement que Jérôme confessât les visions qui peuplaient ses nuits. Ils n'allèrent pas plus loin que l'église voisine.

Face au prêtre, Jérôme resta muet, incapable d'articuler un mot. La mère parla à sa place, et il l'entendit narrer ses hallucinations nocturnes à un jeune prêtre au teint cireux :

— Des vers rampants ? Des casseroles qui dansent ?

Le prêtre semblait saisi d'effroi. Il commença à faire des signes de croix autour de la tête de Jérôme et se mit à hurler en latin des formules menaçantes. Jérôme aurait voulu disparaître, mais la mère se jeta à genoux, l'entraînant à faire de même. Il fallait extirper de son corps les tentations malines, montrer au Diable qu'il ne le craignait pas !

L'église était pleine. La mère faisait s'agenouiller ceux qui s'approchaient, forte d'une énergie prodigieuse. Quand Jérôme jetait des coups d'œil à ceux qui les entouraient, leurs corps vacillants dans la prière, leurs visages renversés d'extase, il se surprenait à gémir comme eux. Comment résister à tant de ferveur ? Il se souvint d'un homme qu'il avait vu pendu par les pieds sur le terrain de foire peu de temps auparavant. Ne lui avait-on pas expliqué qu'on cherchait à faire sortir de lui le diable qui l'habitait ?

Il neigeait. Jérôme, Katerijn et Goosen avançaient en se hâtant dans la bise glaciale quand ils s'étaient retrouvés face au corps de l'homme qui se balançait sous la potence. Ce qui apparaissait de son corps entre les vêtements était bleu, sauf son visage qui était jaune comme un coucou printanier. Sa langue sortait de sa bouche, gonflée et violette, et un chien sautait pour l'attraper comme s'il s'agissait d'un morceau de viande savoureuse. Katje avait saisi la main de Jérôme et ils s'étaient mis à courir, laissant Goosen sur place, béat d'effroi et d'admiration.

Le dallage de l'église était froid et dur, la main de la mère tenait la sienne comme un étau. Jérôme cherchait à établir un rapport entre ses frayeurs nocturnes et la situation présente. Qu'avait-il fait pour être puni ainsi ? Il se souvint de ce jour où, à force de flatteries, Goosen l'avait persuadé de descendre dans le puits un panier dans lequel se trouvait le chat de Lol.

— Il pêchera des poissons, disait Goosen, Lol se plaint toujours que le poisson du marché n'est pas frais. Elle nous remerciera.

Jérôme avait déroulé la corde. Goosen avait mis le chat dans le seau. Ils avaient lâché le seau qui était tombé en faisant un gros « plouf ». En se hissant sur la pointe des pieds, ils avaient regardé l'animal se démener pour rester à la surface de l'eau noire, et Jérôme avait soudain compris qu'ils allaient être terriblement punis. Cela n'avait pas tardé : du seuil de la maison, la mère les regardait. Elle s'était avancée vers eux, petite mais déterminée, et en voyant Goosen détaler comme un lièvre de garenne, elle avait hurlé le nom du vieux Hans qui était sorti à son tour et l'avait rattrapé. Sans desserrer les dents, la mère avait saisi les deux frères chacun par une oreille et les avait traînés jusque dans la porcherie du voisin où elle les avait enfermés. Elle avait fait savoir qu'il était interdit de délivrer les misérables qu'on nommait ses fils.

Jérôme hurlait plus fort que les cochons que la présence des deux enfants inquiétait. Goosen les maintenait à distance à l'aide d'une fourche dont il frappait quand les cochons faisaient mine d'avancer. La vue de leurs groins si proches, leur odeur pestilentielle, leurs grognements stridents, tout terrifiait Jérôme qui se plaqua contre un mur en sanglotant.

Le soir était tombé lorsque la mère rouvrit la porte et les fit sortir dans la cour. Elle les poussa à genoux avant de leur annoncer d'un air magistral qu'en comparaison de l'Enfer, la porcherie était un lieu plaisant. Ils restèrent à genoux jusqu'à ce qu'elle les appelât pour le dîner. Jérôme serrait les mains l'une contre l'autre, les yeux clos, répétant en lui-même : « Pardonnez-moi, pardonnez-moi... » La mère était le bras de Dieu. Goosen gardait tête basse, on ne pouvait pas savoir s'il se repentait. À chaque fois, il lui venait de nouvelles idées dangereuses.

L'église résonnait de raclements de gorge et de sanglots. Le prêtre s'était détourné de Jérôme et psalmodiait devant l'autel. La mère priait à haute voix pour la délivrance de son fils. Jérôme repensait au chat de Lol. Il jeta un coup d'œil vers sa mère et vit combien elle était effrayante : ses lèvres crispées, ses paupières baissées, ses mains si fortement jointes qu'elles semblaient soudées. Mais ses genoux le faisaient si fortement souffrir qu'il le lui dit. Elle répondit sans même le regarder :

— Tant mieux, mon fils ! Il faut souffrir pour écarter les mauvais esprits.

Le père arriva. Il écarta la foule, attrapa Jérôme par les épaules et le remit sur pied. Jérôme croisa le regard foudroyant de la mère. Pourtant elle resta impassible tandis que père l'entraînait hors de l'église. Jérôme était comme un pantin manipulé par les larges mains d'un forain. L'air du dehors le ranima, mais, lorsqu'ils arrivèrent à la maison, il claquait des dents si fort que Lol lui fit avaler une cuillerée de cette potion amère qui chassait la fièvre.

Peu après, la mère rentra à son tour : elle se jeta à genoux au milieu de la cuisine, et chacun put voir des larmes couler le long de ses joues. Le vieux Hans, Lol et Katje s'agenouillèrent à ses côtés tandis que le père haussait les épaules. Jérôme se glissa doucement hors de la cuisine et alla se cacher à l'étage, sous un lit où il rangeait sa boîte remplie d'images saintes, de plumes et de cailloux ramas sés au bord de l'eau.

Goosen et Jérôme dormaient encore sous les lourdes couvertures remplies de plumes lorsque le père les secoua. Ses yeux brillants les firent se lever rapidement : il était rare de voir le père joyeux. Déjà, au-dessus d'eux, leurs sœurs quittaient leur lit. Ils entendaient leurs sabots claquer sur le plancher. Ils enfilèrent sur son ordre leurs vêtements les plus chauds.

Jérôme craignait l'hiver pour ses longues nuits, mais il attendait avec impatience les fêtes hivernales et plus particulièrement celles de la mi-carême qui marquaient le milieu de la saison. Pour carnaval, sa maison s'animait plus que les autres. Les confréries préparaient des processions et des spectacles pour lesquels la famille recevait moult commandes de décors peints, de masques et par fois de costumes. La maison se remplissait de rouleaux d'étoffe. La cuisine se transformait en une succursale chaotique de l'atelier où les enfants pouvaient se cacher, se déguiser et hurler de rire. La mère ne les empêchait plus de s'amuser et se laissait même aller à la gaieté. Le vieux Hans racontait les histoires de carnaval, et Hus, qui venait passer les commandes du Chapitre, aban donnait un peu de sa superbe pour mimer les histoires merveilleuses des saints

Ce jour-là, ils se retrouvèrent dans la rue, laissant derrière eux le petit Jan qui pleurait de ne pouvoir les accompagner. Les rues étaient sombres. L'air sentait le gel et le crottin frais. Les cloches sonnaient à toute volée. Jérôme faisait d'énormes enjambées pour rester à la hauteur du père. Goosen, curieux de tout comme un chien qui renifle le moindre coin de mur, s'était laissé distancer et courait pour les rejoindre.

Ils parvinrent à la grand-place où se dressait l'estrade construite pour les représentations des Mystères sacrés. Le père salua les charpentiers qui s'activaient. Il échangea quelques mots avec le cousin Geert, et ils calculèrent ensemble la quantité de tissu encore nécessaire pour le rideau de scène. Ce n'étaient que chiffres, mesures, estima tions, mais Jérôme buvait leurs paroles lorsqu'une forte odeur attira son attention. Non loin de l'es trade, un vieil homme faisait griller des saucisses sur un brasero. Il avait un visage sans nez, ni lèvre supérieure. Jérôme ne pouvait plus détacher son regard de son visage monstrueux. Lorsque le père l'entraîna à nouveau, le faciès difforme ne quitta pas ses pensées.

Le soleil se levait quand ils arrivèrent en vue de l'atelier familial. Le vieux bâtiment flamboyait par toutes ses fenêtres comme s'il avait pris feu. Jérôme aperçut le visage d'une de ses cousines dont le nez, écrasé contre la vitre, lui rappela celui du marchand de saucisses.

— Père, tu as vu l'homme ? Qu'est-ce qu'il avait ?

— Quoi ? Qui ?

— L'homme, il avait un trou dans la figure...

Le père n'avait rien vu. Jérôme et Goosen le suivirent dans la vieille maison où ils traversèrent la cuisine grouillante de monde tandis que la tante Lysbeth leur proposait à boire et à manger.

— Plus tard, plus tard..., répondit le père.

Il conduisit ses fils dans l'atelier et leur expliqua ce qu'il attendait d'eux : Goosen devait découper des guirlandes à l'aide d'un outil qui fabriquait des formes lobées, Jérôme devait peindre en blanc des masques représentant des têtes de mort.

De la peinture ! Jérôme oublia le monde entier et jeta un coup d'œil à son frère pour voir si celui-ci ne l'enviait pas, mais Goosen ne bronchait pas : il était fasciné par l'énorme tonneau de bière qu'un garçon de la brasserie apportait en le roulant sur le sol.

La journée passa sans que l'activité cessât un seul instant. Jérôme s'appliquait. Les odeurs d'huiles et de bois fraîchement sciés lui tournaient la tête, et il fermait parfois les yeux pour se reposer. Il écoutait les bruits de l'atelier, ce mélange de concentration et d'agitation. Il comptait les années qui le séparaient encore de l'état d'apprenti. La pile des masques devant lui descendait si lentement qu'il lui semblait qu'il aurait du travail pour plusieurs jours, et il s'en réjouissait mais, lorsque le soir tomba, Jérôme avait terminé la tâche qui lui avait été assignée. Ses paupières étaient lourdes et irritées, ses doigts gourds. Le matin lui paraissait aussi lointain que la journée de la veille. Le père s'approcha et contempla l'énorme pile de masques en souriant :

— Ah, Jérôme, comme j'ai hâte que tu viennes travailler avec nous. Tu fais du bon travail !

La fierté étourdit Jérôme. Sans un mot, il avala le liquide chaud et parfumé qu'une de ses tantes lui tendait à boire. La chaleur qui pénétrait en lui était la meilleure des récompenses.

7

Pour acquérir les rudiments nécessaires à son métier, Jérôme fréquenta l'école. Il y apprenait à lire et à écrire, et souvent son écriture lui valait les compliments du maître car elle était élégante et soignée. Peu enclin depuis son jeune âge à partager les activités de ses congénères, son attitude à l'école était celle du repli. Le matin, au lieu de faire le chemin avec les autres, ceux qui faisaient la course ou des batailles de boules de neige, Jérôme arrivait tôt et profitait de la tranquillité de la salle vide pour s'instruire dans un livre ou poser des questions au maître. Jérôme avait un faible pour le latin, ce langage complexe qui était celui des clercs. La mère lui répétait souvent que, s'il parvenait à le maîtriser, il lui permettrait de lire plus d'ouvrages que sa seule langue maternelle et ferait de lui un être supérieur. Jérôme avait conscience que les hommes du commun ne savaient pas le latin, ni ne lisaient de livres, et seul le crâne ricanant qui dominait la bibliothèque modérait son ardeur, lui rappelant qu'aucun savoir ne changerait jamais sa condition mortelle.

Qualifié de surnoms peu élogieux, Jérôme se laissait surprendre au coin des rues et rouer de coups par ceux qui en avaient assez de l'entendre cité en exemple. Il rapportait chez lui quelques vilaines blessures et des vêtements déchirés. La mère se lamentait de la violence des enfants d'autrui, mais elle disait :

— C'est un honneur de subir l'injuste colère des hommes, tu es comme Celui qui se distingue, je suis fière de toi.

Ces propos de la mère, loin de décourager Jérôme, le portaient à exciter encore plus la jalousie des autres et, goûtant excessivement le sérieux, il estimait sa conduite comme la seule digne d'un jeune homme.

Bien qu'il fût l'aîné des garçons, Goosen n'était pas un enfant à qui l'on faisait des éloges. Il était plutôt celui que la mère désignait comme « le » vaurien de la famille. Costaud et d'une taille plus élevée que la moyenne, Goosen faisait sans cesse montre d'intrépidité et de hardiesse, particulièrement pour agir en dépit de tout bon sens. Emporté par son caractère téméraire, il imaginait des actions audacieuses où il entraînait les enfants du voisinage. Déguisés en chevaliers, portant casseroles sur la tête et ceints d'écharpes à leurs couleurs, les membres de la troupe revenaient de leurs escapades chargés de butins que leurs familles se voyaient obligées d'aller rendre à leurs propriétaires, cochons égorgés que l'on ne pouvait que rembourser pour réparer la faute, poules qui piaillaient, enfermées dans des cages en roseau.

La mère redoutait que Goosen ne devienne un voleur professionnel, mais le père affirmait qu'en grandissant ses détestables manières passeraient. En attendant, Goosen portait bandages et cicatrices, et l'expression « manger comme Goosen » était entrée dans la famille, et ce n'était pas un compliment. Souvent, Lol se plaignait de ce que son frère avait embarqué un pâté ou un gâteau qu'elle venait de sortir du four. Prévoir l'appétit de ses hommes et razzier des mets de bouche faisait partie de ses obligations de chef de bande. Quand Lol le prenait sur le fait, elle tentait de le punir, mais elle n'avait plus aucune autorité sur le garçon depuis qu'il la dépassait de deux têtes. La mère, elle, n'hésitait pas à le frapper, mais la force de ses mains potelées était dérisoire quand elles s'abattaient sur la peau tannée du vigoureux garçon. Une seule chose effrayait encore Goosen : la description minutieuse de l'Enfer que la mère l'obligeait à écouter lorsqu'il la poussait à bout.

C'était une scène assez comique que de voir le jeune géant tremblant aux évocations infernales, ses gros sourcils froncés, ses genoux vigoureux serrés l'un contre l'autre comme pour se protéger. La mère seule parvenait à le faire asseoir pour qu'il recouse ses vêtements continuellement déchirés qu'elle et Lol n'en pouvaient plus de repriser.

Goosen n'avait qu'une idée en tête : aller vivre dans la chambrée des apprentis pour pouvoir comme eux rentrer à l'aube sans avoir à gratter à la porte pour qu'on lui ouvre. Goosen trépignait à l'idée des nuits qui l'attendaient, nuits de chasse au vin, aux filles, nuits de bagarres qui permettent de se faire un nom.

Casanier et obéissant, Jérôme était l'exact opposé de son frère. Souvent, il demeurait à la cuisine pour écouter Lol rapporter des histoires qu'elle avait entendues au marché et il pouvait demeurer des heures dans la chambre des femmes où, silencieux et immobile, il regardait sa mère broder. Pour elle, il choisissait dans un livre de modèles les motifs de fleurs et de feuilles qu'elle reproduisait. Parfois, il posait la tête sur ses genoux, et elle interrompait son ouvrage pour passer la main dans ses cheveux. C'était alors comme s'il n'existait plus en dehors d'elle. Il fondait dans une joie douce. La mère pouvait tout exiger de lui.

Quand l'occasion se présentait au sortir de l'église, la mère lui achetait une de ces feuilles volantes dont il faisait collection : c'était à chaque fois un petit texte illustré, et Jérôme se délectait des histoires saintes qu'il racontait. L'unique ouvrage qu'ouvrait parfois Goosen était celui qui narrait l'exploration du pays des hommes aux yeux étroits et au crâne rasé, un magnifique volume que son père avait acheté à un marin de passage. Jérôme appréciait les moments rares où, penché avec son frère sur les représentations d'animaux étranges, il écoutait Goosen raconter les voyages qu'ils feraient ensemble et dont ils rapporteraient les dessins de créatures et de plantes inconnues qui surprendraient les plus savants.

Lorsque Goosen quitta la maison pour rejoindre les apprentis, ce fut un soulagement pour tous. Jérôme feuilletait désormais les ouvrages du père en compagnie de Jan pendant que Katje apprenait patiemment à Herberta et à Anneke les subtilités de la broderie. Parfois, on pouvait voir les petites filles penchées sur leurs travaux, mais d'autres fois, un diable semblait les posséder, et Katje s'épuisait à les rappeler : de haut en bas et de bas en haut, leurs cris et leurs fous rires aigus emplissaient l'espace.

Le temps vint où Jérôme atteignit à son tour l'âge de l'apprentissage. La famille avait prévu de marquer l'événement par un repas à l'atelier où des musiciens avaient été invités. Jérôme était impatient de voir son jour arriver, mais il était terrifié à l'idée de ne pas se montrer à la hauteur. Des quatre fils de son grand-père qui avaient repris l'atelier, seuls demeuraient encore son père et son oncle Jan, l'invalide. C'étaient désormais les petits-fils du grand-père qui fournissaient le principal de la main-d'œuvre, les fils de Jan, Jasper, l'un des fils de l'oncle Hubert qui vivait à Anvers, et Goosen. De tous, Jérôme serait le plus jeune et le plus inexpérimenté.

Depuis l'enfance, Jérôme aimait dessiner et il maîtrisait la plupart des techniques nécessaires au métier de peintre, mais il savait que cela ne lui serait pas utile pour ses débuts car son frère et ses cousins allaient se décharger sur lui des travaux les plus ingrats : livrer leur travail, balayer l'atelier, puiser l'eau. La mère l'avait prévenu : il serait le petit nouveau que l'on mettrait à l'épreuve. Quand il y pensait, la colère l'envahissait. Lui qui n'avait jamais essuyé de reproches, comment réagirait-il s'il faisait une erreur et que l'on se moquait de lui ?

Jérôme devint mélancolique. Comment devenir celui qu'on attendait qu'il fût sans trahir l'idée qu'il avait de lui-même ? Il se sentait abandonné. Le père menait sa barque sans se mouiller et flottait, lointain, au-dessus de ses proches. Il n'entendrait, si Jérôme tentait de lui parler, que ce qu'il voudrait bien écouter. La mère, elle, était sans aucun doute sur terre. Elle tenait l'attelage de la famille et le menait dans la direction de son choix, fouettant ceux qui s'en écartaient, ou les bannissant. Pourtant, elle non plus ne semblait pas prête à entendre ce qui pourrait la déranger. Quant à sa sœur Katje, toujours attentive à autrui, comment pouvait-il lui faire comprendre sa rage de se tenir humblement à l'atelier, à elle qui n'avait jamais tenté de dépasser personne, ni de se faire remarquer ?

Le jour de son introduction arriva. Vêtue de propre, la famille prit le chemin de la cathédrale où les artisans de la ville avaient préparé une cérémonie pour les apprentis qui rejoignaient leurs pères en leur métier.

Dans l'une des rues que suivait la procession, Jérôme vit apparaître Goosen accompagné des apprentis de divers ateliers de la ville. Ils se mirent à chanter une chanson dont les paroles raillaient le dur labeur de l'apprenti maladroit et formèrent une ronde autour du groupe familial. Tous reprirent le refrain qu'ils avaient inventé tandis qu'on mettait sur la tête de Jérôme une coiffe ridicule. Jérôme tenta de l'ôter, mais quelqu'un la lui enfonça à nouveau sur le crâne.

Devant l'église, le chahut redoubla. D'autres groupes chantaient, tournaient et raillaient les nouveaux apprentis. Jérôme était déçu de voir qu'ils étaient très nombreux, au moins une dizaine de jeunes garçons, à aller s'asseoir au premier rang de l'église. Il en connaissait la plupart qui avaient fréquenté la même école que lui : il y avait l'un des fils du maçon, celui du tailleur de pierre, celui de l'orfèvre, celui d'un peintre que Jérôme avait parfois rencontré hors de la ville croquant des paysages. Il y avait aussi deux frères, fils du sculpteur sur bois, qui à l'école avaient été ses pires ennemis.

Assis parmi eux, Jérôme n'écoutait pas le prêtre. Il fixait deux poules qui étaient entrées dans l'église avec la foule et picoraient au pied de l'autel de la chapelle Saint-Michel. Il pensait à son oncle Thomas qui aimait tant marcher dans les champs et qui lui avait appris à regarder l'horizon. S'il n'y avait eu tant de loups et de brigands, comme il aurait aimé habiter un moulin perdu dans la lande ! De sa fenêtre dont il n'aurait jamais fermé les volets, le paysage serait venu à sa rencontre...

À l'atelier où les tâches étaient diverses, peu à peu, Jérôme devint celui à qui l'on confiait les petits travaux de détails dans les peintures importantes. Sa patience était illimitée pour dessiner des personnages minuscules sur des fonds préparés par son père ou par son oncle Jan, et c'était à lui qu'on laissait le soin d'exécuter les travaux d'illustration pour les affiches peintes, les avis et les papiers officiels.

Jérôme était d'une ardeur unique au travail. S'il n'y avait eu l'interdiction de travailler la nuit, sans doute aurait-il travaillé jusqu'à l'épuisement. Le soir, le père l'arrachait à son travail. Il comptait sur la routine pour calmer le zèle de son fils, mais, bien qu'il n'ait plus rien à démontrer pour qu'on le respecte à l'atelier, la ferveur de Jérôme ne faisait qu'augmenter, et avec elle son mépris pour le corps et ses exigences.

Plus il avançait en âge et apprenait son métier, plus il se distinguait de ses compagnons d'apprentissage. Il dédaignait les modes qui faisaient porter à tous le même bonnet d'âne, ou les mêmes chausses si étroites qu'elles rendaient la marche difficile. Il refusait de parler le langage grossier que les jeunes gens utilisaient. Il fréquentait les vieillards, les enfants et les livres et continuait à dormir sous le toit paternel, ce qui remplissait la mère de joie. Si elle n'avait rien obtenu de son fils aîné, au moins avait-elle fait du second un être dont l'exigence était comparable à la sienne.

Jérôme n'hésitait pas à pousser son corps à bout, dans l'urgence de progresser toujours plus. Cette rigueur pour lui-même, mêlée à une dévotion qu'il affichait en jeûnant plusieurs jours par semaine — car ce corps qui réclamait depuis quelque temps plus d'attention qu'autrefois, il voulait l'asservir à sa volonté —, faisait de lui un jeune homme que les autres laissaient à l'écart. Mais cette distance où on le tenait, il s'en vengeait en affichant son arrogance : ces jeunes gens dissipés qui ne travaillaient que contraints et ne rêvaient qu'à courir les filles, à s'enivrer et à se battre, comme il les trouvait pitoyables !

La ville, la nuit. Les rues désertes. Le couvre-feu avait sonné depuis longtemps. Épuisé par une longue journée de travail, Jérôme se faufilait le long des murs en tâtonnant dans les ténèbres. Il écoutait les moindres bruits, prêt à se cacher si un pas venait vers lui. Jérôme avait espéré qu'en asservissant son corps à sa volonté, il dominerait sa perception trop délicate. Il avait cru qu'en grandissant il oublierait ses peurs. Hélas, à quinze ans, il savait à peine les dissimuler aux autres.

— Tu écoutes trop les histoires des bonnes femmes..., se moquaient ses cousins.

Jérôme serra les dents et s'obligea à penser à autre chose qu'aux démons prêts à surgir sous la forme d'une jolie fille ou de l'un de ces étrangers soi-disant égarés qui vous proposaient plaisirs et gloire en échange du poids de votre âme. Un vent froid rabattait son manteau qui claquait. Les mauvaises ombres lui semblaient plus nombreuses que jamais. Les bras tendus en avant, il ne savait plus dans quelle direction il avançait. Il cherchait un mur ou une palissade qui l'aurait aidé à se diriger. Il ne rencontrait rien. Il marchait sans plus aucune appréciation de l'orientation ou de la durée. Comme le vent soufflait avec violence, il lui sembla même être sorti de la ville. Mais comment aurait-il pu passer la muraille sans s'en apercevoir ?

Non loin de lui, une voix féminine geignait. Jérôme aperçut une silhouette le long du mur, celle de Mariana, la fille du marchand de bois qui lui avait souri l'avant-veille. Mariana, dans une rue, en pleine nuit ? Pauvre imbécile ! pensa Jérôme, tu rêves encore ! Tu es sans doute rentré chez toi où tu dors profondément, la tête dans les bras, devant l'âtre éteint...

Jérôme frissonna. Il avait froid. On n'a pas froid en rêve. Des mains le touchèrent, tièdes, fouineuses et oppressantes. Des rires fusèrent. Ses angoisses les plus affreuses, voilà qu'elles prenaient corps ? Jérôme regretta d'avoir travaillé si tard : quelle erreur c'était de rentrer seul dans la nuit. Le fracas d'un galop sur la chaussée s'éleva. Les cavaliers de l'Apocalypse ? Le Chevalier sans tête ? Jérôme se boucha les oreilles et courut droit devant lui. Un obstacle le fit trébucher. Il perdit pied. Tomba. À quatre pattes, il tenta l'ultime recherche d'un point de repère, mais voilà qu'il basculait dans le sommeil comme on s'évanouit. D'un coup. Dans un silence profond, entrecoupé de légers battements d'ailes, Jérôme volait parmi les nimbes dorés des anges.

Un soir de début d'hiver. Le travail terminé hâtivement dans la pénombre tôt tombée. Les apprentis, énervés par la neige qui s'annonçait, ressassaient leurs virées communes et se promettaient d'en refaire une bientôt, tiens, ce soir même, pourquoi pas ?

Penché sur son chevalet, Jérôme se tenait coi.

En son for intérieur, il méprisait ses compagnons qui n'hésitaient pas à goûter la vie à pleines dents. C'était un mépris mêlé d'envie car il était incapable d'agir comme eux, incapable de cesser d'être sérieux, d'être heureux comme ils pouvaient l'être, simplement. Jusqu'à ce jour, il avait réussi à éviter les sorties en groupe des autres apprentis. Il savait qu'elles n'avaient d'autre objet que s'enivrer à l'estaminet et y perdre toute vergogne afin de pouvoir aborder les filles publiques. Il en avait vu des hommes et des femmes que la boisson avilissait. Chaque année au carnaval, la mère ne pouvait éviter que les yeux de ses enfants ne tombent sur le spectacle de la population prise de boisson. Même, à certains repas familiaux, il avait surpris les visages de femmes et d'hommes habituellement dignes prendre sous l'effet de la bière des colorations insolites, leurs voix devenant fortes, leurs propos graveleux, leurs gestes maladroits. Il les avait vus trébucher en quittant la table et agresser leurs voisins de paroles désagréables. Querelles et blessures d'ivrognes qui se réveillent au matin surpris des blessures obtenues ou données. La mère lui avait appris à se tenir au-dessus de tout cela.

Le vin réchauffe ou guérit, mais le vin, lorsqu'il en abuse, fait perdre à l'homme le contrôle de soi. Comment répondre de ses actes si l'on ne s'en souvient plus ? La mère disait que chacun était responsable de ses actes, quelle que soit la conscience que l'on en ait eu. Jérôme, non seulement avait peur du jugement de la mère, mais aussi de lui-même, de ce qu'il ferait s'il relâchait sa vigilance. Ce soir, pourtant, à la pensée de rester seul une fois de plus, son cœur se serrait. Et s'il accompagnait les autres ? Son cousin Jasper, qui n'était pas un mauvais bougre, venait justement de le lui proposer. Dehors, les flocons commençaient leur danse lente et légère.

Une flambée magnifique illuminait la taverne. Le bois ciré des tables brillait comme pour un jour de fête et les visages de ses compagnons étaient amicaux. Était-ce vraiment là un mauvais lieu ?

Assis parmi les autres, Jérôme se sentait léger lui aussi. Pour la première fois, il pensa que sa mère exagérait : l'homme avait parfois besoin de se divertir. Jasper tira sur sa manche. Une servante souriante prenait la commande.

— Allez, cousin, une petite chope ! La bière est plus douce que le vin !

Jérôme accepta. Une fois n'était pas coutume. Il ne fallait pas bouder la joie N'était-elle pas elle aussi d'origine divine ?

La servante revint avec un lourd plateau et déposa les chopes mousseuses devant eux.

— C'est ma tournée ! cria Jasper.

Jérôme trinqua avec les autres. Comme la cha leur de la bière pénétrait dans ses veines et que ses compagnons entonnaient une chanson, il fit comme eux, avec toutefois la nette impression de s'être dédoublé et de se voir chantant parmi les autres, comme à distance. Jérôme chantait sans élever la voix. Il n'aimait pas cela, cette perte de soi dans le groupe. Même à l'église, il évitait la griserie de certains rituels où la tête lui tournait. Cette émotivité dans la ferveur ne lui semblait pas honnête.

Lorsque le cabaretier mit la joyeuse compagnie dehors, Jérôme protesta lui aussi avec véhémence. Bientôt, il ne se maîtrisa plus. Il hurlait de plus en plus fort des mots de moins en moins innocents. Il participa à une bataille de boules de neige et applaudit lorsqu'un des garçons enfonça de la neige sous les vêtements d'un enfant qui passait. Jérôme s'entendit rire grassement. L'enfant pleurait en secouant son manteau, mais le grand continuait à l'importuner, et l'enfant, le ventre nu, se laissa tomber sur le sol en gémissant. Jérôme n'était plus certain de trouver la plaisanterie si drôle. Mais qu'importait ! Son corps agissait sans que la tête commande.

La nuit était claire. La ville scintillait dans sa blancheur fraîchement acquise. Jérôme ne sentait rien du froid, il brûlait à l'intérieur. La chaleur qui l'habitait provoquait en lui une soif intense, mais il avait beau sucer de la neige, il étouffait. Il allait se consumer s'il ne buvait pas vite une chope encore.

La compagnie entra dans une seconde auberge.

Elle en ressortit. Goosen et sa troupe surgirent d'on ne sait où. Il était rouge et il braillait :

— Des filles, on veut des filles !

Tous le suivirent. Jérôme aussi. Il n'avait jamais couché avec une fille, n'était-il pas temps ? Les lampions colorés qui se balançaient au seuil des maisons lui donnaient le vertige. Quelle était cette rue inconnue ? Il voulut interroger Jasper, mais son cousin avait disparu. Une douleur sourde lui tordit le ventre. Il cessa d'avancer. Les façades des maisons semblaient respirer, leurs faces ventrues se gonflaient et se dégonflaient. Le contenu de ses boyaux lui remonta dans la gorge tandis qu'un spasme le tordit des pieds à la tête. Il vomit. C'était comme si la peau de sa gorge venait avec le liquide fétide et rance tant elle le brûlait. Sans comprendre, Jérôme regarda la neige que ses déjections avaient salie tandis que les autres garçons revenaient sur leurs pas et faisaient cercle autour de lui.

— Vas-y mon vieux ! lui cria l'un.

— Encore un effort ! lança un autre.

— Vive l'artiste !

Jérôme regardait ses pieds, souillés par lui-même, et le bas de ses chausses, et son manteau, lorsqu'un nouveau spasme le tordit en deux. Les rieurs s'écartèrent en poussant des cris. Il allait certainement éjecter ses entrailles. Humilié, la gorge en feu, toussant, crachant, bavant, pleurant, Jérôme s'éloigna de ses compagnons tandis que leurs braillements attisaient la fureur d'un riverain qu'ils avaient réveillé et qui leur jeta par la fenêtre le contenu d'un seau d'aisance... Jérôme trébuchait dans la neige et s'arrêtait sans cesse. Il grelottait sous son épais manteau. Entre chaque spasme, sa bouche gardait une amertume ignoble. Soudain, il fut devant chez lui. Hésita. Frappa tout de même. Comme par un fait exprès, ce fut la mère qui lui ouvrit. Elle ne dit rien. Le regard qu'elle posa sur lui suffit pour qu'il ne soit plus qu'un objet malléable entre ses mains, une pauvre et humble chose. Elle le guida dans la cuisine et le déshabilla. Le nettoya comme s'il était redevenu un tout petit enfant. Il pleurait, mais là non plus, il ne reconnaissait pas ses pleurs qui sonnaient comme les gémissements pitoyables d'un chiot. La mère le coucha sur le banc en marmonnant une prière. Elle le couvrit d'une couverture puis le laissa seul. Jérôme tenta de se relever, il aurait voulu prier, implorer le pardon... mais son corps n'obéissait pas. Il s'endormit. La bière avait cela de magique qu'elle libérait de l'angoisse. Jérôme dormit merveilleusement.

Lorsqu'il se réveilla, le souvenir de la nuit passée le fit se hâter de fuir la maison. Il n'avait pas le courage d'affronter les sermons de la mère et encore moins les moqueries des autres si la mère lui ordonnait, ce qui ne serait pas surprenant, de confesser publiquement sa faute.

Au-dehors, le ciel se tachait d'éclats d'un rose velouté. Le monde était radieux sous la neige immaculée, indifférent à la honte de l'homme. Jérôme pensa : « C'est donc cela. C'est donc aussi facile. Le plaisir qui fait oublier l'être. L'ivresse qui ramène l'homme au niveau de la bête. »

Seul l'orgueil lui avait fait croire qu'il était à l'abri. Comment survivre à cette chute ? Ne pas se faire horreur ? Jérôme respira longuement, inspirant l'air froid comme s'il le rédimait. Il fit demi-tour et se dirigea vers une église. Il ne marcherait pas aujourd'hui. Il était trop impur pour entrer la tête haute parmi les herbes enneigées, sous les nuages et le ciel infini.

Ce fut Jasper qui lui ouvrit la porte de l'atelier. Il n'avait pas l'air différent des autres jours, seulement plus fatigué. Jérôme osait à peine le regarder.

— Ça va ?

— Ça va.

Jasper lui tendit un bol fumant que Jérôme prit avec reconnaissance. Il secoua ses chausses pour en enlever la boue tandis que Jasper lui racontait que les autres avaient passé la nuit dehors.

— Je suis rentré avant la ronde de minuit, et toi ?

— Mm...

— C'était une fameuse soirée, mais il faut savoir s'arrêter.

— Fameuse soirée ?

— Tu ne t'es pas amusé ?

— Si.

— Alors quoi ? Tu tires une drôle de tête...

Alors quoi ? Oui, le plaisir était facile et l'habitude du plaisir devait être plus facile encore. L'ivresse faisait oublier l'angoisse. C'était simple. Oui. Agréable. Mais était-ce souhaitable ? Comment atteindre la perfection en descendant ainsi ?

— La perfection ? Pour quoi faire ?

Jasper regardait Jérôme avec surprise.

— La vie est rude et ce n'est pas une nuit de plaisir prise de temps en temps qui vous damne pour l'éternité.

Qu'en savait-il, ce Jasper ? Jérôme pensait que la racine du mal était dans l'homme et qu'il lui fallait beaucoup de rigueur pour apprendre à le maîtriser. Une nuit telle que la nuit passée était une épreuve à laquelle il avait failli, mais peut-être, grâce à la connaissance qu'il en avait désormais, serait-il assez fort pour la surmonter lorsqu'elle se présenterait à nouveau ? Jérôme ne dit plus rien. Que Jasper fasse ce que bon lui semble ! Quant à lui, il ne recommencerait pas de sitôt.

8

Sans doute ne suffisait-il pas qu'il y ait des hommes que retenait hors du péché la peur des châtiments ; il y en avait toujours trop que rien n'ébranlait, et de l'orgueilleux qui se croyait pur à l'impur qui n'en avait cure, il n'y avait qu'un pas. Une épidémie se déclara dans la ville et ses environs. La mort frappa d'abord les faubourgs misérables, puis elle gagna le centre. Des tentures sombres tachaient les façades des riches demeures, signes de la présence de la maladie. Les vieux, se souvenant des épidémies précédentes, faisaient trembler les autres avec des récits terrifiants. Il fallait armer son cœur contre le spectacle de certains processionnaires qui défilaient dans les rues en agitant des clochettes et appelaient la population à les rejoindre dans un repentir collectif.

Dans la famille de Jérôme, personne encore n'était atteint, mais ce n'était pas rassurant pour autant. Les femmes faisaient bouillir des herbes qui purifiaient la maison et gardaient les fenêtres hermétiquement closes. Sans cesse, les cloches retentissaient du glas des morts qu'on portait en terre, mais on osait à peine quitter les maisons pour se rendre à l'église.

Le premier à être touché par la maladie fut Hans, le compagnon de son grand-père, l'éternel Hans du coin du feu, inchangé depuis que Jérôme était né, vieux, chenu et édenté. Un matin de gel, Jérôme ne le trouva pas dans la cuisine. Comme le feu n'avait pas été ravivé, il écarta les lourds rideaux qui fermaient le lit du vieil homme. Un spectacle effroyable l'attendait : Hans était là, sous sa couverture, la bouche ouverte et les yeux révulsés, risible comme un pantin de carnaval. Il était déjà froid. Des morts, Jérôme en avait vu, comme tout le monde, mais là... Il toucha la main de Hans : la matière hier encore agile à sculpter un visage dans un nœud de bois avait en quelques heures acquis une rigidité minérale, et cette stupéfiante célérité de la maladie lui fit prendre conscience de la fragilité de la frontière entre la vie et la mort.

Le suivant fut Jos, un enfant qui avait toujours montré des dispositions pour la maladie. Pourtant, la mort lutta longtemps avant de l'emporter. Jour et nuit, la mère restait à son chevet, priant furieusement, se tordant les mains et mangeant à peine. Elle voyait son dernier-né devenir chaque jour plus jaune et plus chétif. Elle ne disait mot, mais chacun entendait en soi l'écho de ses avertissements, et plus personne n'en souriait. Lorsque Jos sembla être redevenu aussi petit qu'il l'était à sa naissance, il cessa de respirer. On le sortit devant la porte, comme la loi le prescrivait, enveloppé dans un linge blanc. La mère regarda sans un mot le petit paquet posé sur le seuil, puis elle s'alita à son tour. Celle que l'on n'avait jamais vue couchée que pour mettre au monde ses enfants et qui écourtait ses relevailles sans écouter les conseils de personne se montrait brutalement incapable d'aucune volonté. La famille fut prise au dépourvu. Lol ne savait pas comment gérer les réserves, Katje ignorait tout de la préparation des potions, le père n'avait aucune compétence pour l'intendance. Les enfants abandonnés à eux-mêmes semblaient devenir aussi sauvages que de jeunes chats.

Jérôme tentait d'ignorer l'appel du chaos. Il continuait à se rendre à l'atelier où il s'éreintait au travail. L'épidémie donnait à ses angoisses un motif et un nom. Dans les rues vidées par la terreur collective, il longeait les murs comme pour se protéger de l'attaque d'un bandit de haute stature et il ne rentrait le soir qu'abruti de fatigue, espérant pouvoir ainsi supporter l'effondrement des siens.

La nuit, il ne dormait pas, conscient d'ouvrir en lui une brèche par où la maladie pouvait s'insinuer. Cela lui était égal : pour la première fois, il n'avait pas peur pour lui-même. La mère, allongée dans son lit, faible et amaigrie entre ses oreillers blancs, lui renvoyait l'image de celle qu'elle était devenue, une femme au seuil de la mort. Une colère qu'il ne tentait ni de réprimer ni de cacher s'éveillait en lui. La mère s'en aperçut un soir où sa fièvre était tombée et elle lui fit d'une voix faible mais sévère répéter après elle :

— L'homme n'est pas maître de son souffle pour le retenir et il n'a aucune autorité sur le jour de la mort : il n'y a point de rémission dans ce combat et la méchanceté ne donne à ceux qui l'exercent aucune échappatoire.

Plus menue qu'une petite fille, elle peinait pour articuler les mots. Son regard seul avait gardé toute l'intensité de sa volonté. Jérôme répéta après elle, s'emplissant de ses certitudes. Au matin, elle le fit rappeler à son chevet. La fièvre l'habitait à nouveau. D'une voix qui n'était plus qu'un souffle infime, elle chuchota :

— Sois grand, Jérôme.

Jérôme se souvint qu'elle avait prononcé les mêmes paroles lorsqu'il s'était rendu à l'école pour la première fois. Serrant les lèvres pour ne pas pleurer, il hocha la tête et partit travailler. Les premiers froids tombaient. Dans les rues, des stalactites pendaient aux gouttières. Jérôme apprit d'un compagnon de l'atelier que la ville ne comptait plus de nouveaux cas de maladie. Il travailla comme un homme qui dort. Midi n'avait pas sonné que Jan accourait en larmes. La mère avait cessé de respirer.

L'évidence de l'irréversible frappa Jérôme de plein fouet au moment où l'on descendit la mère dans la tombe. Le glas retentissait, ses frères et sœurs se lamentaient. Le père hébété lança la première poignée de terre. Le bruit sec qu'elle fit en frappant le cercueil éveilla en Jérôme une violence inconnue. Il marcha jusqu'à un bosquet derrière lequel il s'abrita des regards. L'outrance de ses sentiments jaillit, rage et tristesse mêlées. Il cogna de son poing nu contre le tronc d'un arbre dont l'écorce lui laboura la peau. Il ne sentit rien, comprit seulement l'inutilité de son acte, sa vanité, et les sanglots déchirants qu'il avait lâchés en frappant, les larmes chaudes qui mouillaient ses joues s'arrêtèrent nettes. Il aurait beau hurler, frapper, se précipiter dans un estaminet pour y avaler toute la bière des tonneaux, ou se cacher dans un recoin obscur pour hoqueter toutes les larmes de son corps, rien ne ramènerait la mère à la vie. Elle était allée trouver Dieu dans sa lumière, et Jérôme restait seul face à ses faiblesses.

La force d'aller de l'avant les abandonna tous. L'élan vital semblait s'être arrêté en même temps que le cœur de la mère. Le plus atteint était le père qui se traînait de la maison à l'atelier et de l'atelier à la maison, éveillant la pitié de ceux qui le croisaient et qui pourtant avaient supporté eux aussi de nombreux deuils dans leur famille.

À l'atelier, le père s'asseyait devant l'âtre. Il ne se mettait au travail que lorsqu'on le lui intimait et de si mauvais cœur que chacun se sentait désespéré, son pitoyable état se transmettant aux autres comme une maladie de langueur. Où que Jérôme se tournât, c'était la même affliction. Katje ne savait plus où donner de la tête entre le père qui geignait et les enfants qui pleuraient. Lol elle-même, que Jérôme n'avait, depuis son enfance, jamais vue malade, se plaignait d'avoir mal au dos et de ne plus pouvoir porter de charge lourde. Elle répétait à qui voulait bien l'écouter qu'elle aurait préféré s'en aller avec sa dame car cela aurait été juste de comparaître ensemble devant Dieu : elles étaient nées le même mois, avaient tété le même lait et s'étaient mariées la même année. L'absence de la mère était plus qu'une absence. Pour chacun, elle était une béance que rien ne pouvait combler.

Lorsqu'un maître enlumineur de la ville d'Anvers rendit visite à l'atelier et proposa, au vu du travail de Jérôme, que celui-ci poursuive son apprentissage chez lui, le jeune homme ressentit un intense soulagement. Il ne montra pas sa joie. Il se contenta de baisser les yeux et de dire « oui, ça me plairait », mais il était fier d'avoir été choisi par cet homme qui revenait de l'étranger et parcourait la région depuis plusieurs semaines à la recherche d'apprentis. En même temps, il lui paraissait normal d'avoir été distingué. C'était le signe qu'il attendait.

Le père réagit à peine à l'honneur fait à son fils. Il donna rapidement son accord comme à quelque chose de trop peu d'importance pour qu'on s'y arrêtât. Quant à Goosen, il protesta. Il ne pensait pas à la chance qui était offerte à son frère, mais seulement aux dommages que l'atelier familial allait subir en perdant un ouvrier si compétent.

Jérôme n'avait jamais quitté sa ville. Pour l'aider à préparer le voyage fixé à la fin du carême, chacun y allait de son conseil. Un voisin raconta les voleurs de grand chemin qui vous laissaient nu dans la forêt, attaché à un arbre, où les loups vous retrouvaient pour vous déchiqueter ; un autre, les soldats isolés qui vous assassinaient plus par habitude que par nécessité, rendus fous par l'odeur du sang respiré dans les batailles. La nuit revenaient le fréquenter des rêves que Jérôme connaissait pour les avoir faits lorsqu'il était sur le point d'entrer à l'atelier familial. Des rêves d'humiliation et de doutes. Serait-il digne du choix du maître d'Anvers ? Saurait-il gagner son estime ? Ne serait-il pas, dans la grande ville, le jeune provincial qui n'avait rien vu du monde et dont chacun se moque ?

Jérôme se mit à marcher dans la ville, sa ville, en regardant les édifices, les façades et les visages.

Il s'en imprégnait comme s'il allait ne plus jamais revenir. Partir le faisait souffrir, mais c'était une bonne souffrance. La ville était pour lui semblable à une mère, elle lui faisait mal quand il tentait d'être indépendant, elle lui faisait plaisir lorsqu'il avouait son allégeance. Ne pas s'attacher à la matérialité du monde était l'un des principes qui lui tenaient le plus à cœur. Comme il aurait aimé pourtant ne pas quitter ces jeunes arbres qui venaient d'être plantés le long du canal ! Il aurait pu suivre d'année en année le renouvellement saisonnier de leurs feuilles, la lente pousse de leurs branches et l'élargissement imperceptible de leurs troncs qui rendrait visible la trace du temps qui passe.

Au cours des promenades qu'il faisait, Jérôme était pris d'envies de creuser un trou dans le sol et de s'y cacher, ou de grimper dans l'arbre de son enfance pour ne plus en redescendre, afin que tous l'oubliassent... Dans le même temps, un grand calme se faisait en lui, la peur le glaçait, le rendait détaché, plus sûr, plus froid. Il avait hâte de s'éloigner de sa ville pour s'éloigner de lui-même, de sa tentation de rester, de suivre le chemin tout tracé de l'univers familial. Il aurait été si simple de rester, de ne pas devenir un inconnu, celui qu'il serait le lendemain pour peu qu'il aille à sa recherche.

La veille du départ, les voisins, les collègues et la famille se réunirent devant la maison. Une procession se forma qui se dirigea vers l'église. Chacun priait à haute voix pour le jeune homme qui partait et allait représenter leur modeste ville dans la grande. On lui rappelait le parent ou la connaissance auprès de qui il pouvait se recommander. On lui demandait de transmettre des salutations, de rapporter tel instrument introuvable ici, tel livre. Jérôme les écoutait tous sans en entendre aucun. Il lui semblait que les cloches allaient se décrocher, tomber sur lui et faire éclater sa tête, que la foule allait l'écraser, qu'il ne serait digne de personne, qu'ils avaient tort de lui faire confiance et feraient mieux d'agir comme le père, qui était resté enfermé chez lui, comme s'il ne trouvait pas de raison à de telles manifestations.

Il y eut une dernière nuit durant laquelle Jérôme écouta la respiration de Jan et le craquement du plancher. Lorsqu'il s'endormit, il fit des rêves douloureux, des rêves de départ et de routes inconnues, des rêves de pertes irréparables.

À l'aube, le premier levé, Jérôme ranima les braises dans la cuisine et s'assit face au feu avec en lui une grande impatience d'avoir quitté tout cela, la maison du père, la cuisine de la mère, l'enfance... Lol le rejoignit, puis Katje, puis les filles, puis Jan. Le compagnon de route de Jérôme frappa à la porte. Le père n'était toujours pas descendu. Katje alla voir ce qu'il avait. C'était l'heure du départ.

Jérôme serra Jan dans ses bras, et Katje, Herberta, Anneke, Lol... Goosen arriva, il embrassa Jérôme avec de grands gestes emphatiques ; puis un voisin murmura une bénédiction, et son compagnon de route l'entraîna. Le père n'avait pas voulu descendre ; Jérôme n'était pas monté le voir. Ce serait donc ainsi, il partirait sans dire adieu au père.

Adrian de Vrind, son compagnon, était fils d'un marchand d'étoffes. Il faisait deux fois par an le voyage à Anvers et à Bruges, pour chercher les fils et les étoffes que son père revendait aux dames de leur petite ville sous le nom de « nouveautés ». À peine plus âgé que Jérôme, Adrian faisait partie de ceux auxquels une nature joviale assurait un franc succès auprès des femmes, et dans son cas particulièrement, auprès des clientes de son père. Avant ce jour, Jérôme ne connaissait d'ailleurs Adrian que par les racontars qui avaient couru à son propos et celui d'une certaine bourgeoise de la ville qui aimait trop les velours...

Tandis qu'ils franchissaient la muraille et s'engageaient sur cette route que Jérôme allait emprunter jusqu'au bout pour la première fois autrement qu'en imagination — prostré, les jambes lourdes et le pas mécanique, le cœur si triste qu'il semblait le retenir en arrière —, Adrian révéla sa profonde nature de bavard et, indifférent à l'humeur sombre de son compagnon, lui fit la conversation de manière incessante, racontant la belle qu'il connaissait à Anvers et avec qui il dormirait bientôt, elle trouverait certainement une douce amie pour Jérôme, et ils allaient passer la nuit à l'auberge du Bon Accueil, une des filles de service s'appelait Marieke, c'était une garce rétive, mais il ne perdait pas espoir, elle avait une poitrine extraordinaire, et il avait une promise à Bruges, on les avait fiancés lorsqu'ils étaient enfants, c'était la fille d'un tisserand, vilaine de figure mais d'une conversation agréable, ils se marieraient pour leurs vingt-cinq ans, pas avant, c'était signé ainsi...

Jérôme ne l'écoutait qu'à moitié. Il regardait la route qu'il foulait sous ses pieds, ces cailloux qui avaient porté les pas de centaines et de centaines d'hommes, et avec eux, leurs espoirs ou leurs désespoirs. Il pensait à son père qui, longtemps auparavant, avait lui aussi fait ce voyage, avec sans doute la même appréhension, et peut-être les mêmes attentes. Ce père qui ne se remettait pas de la mort de la mère et semblait en vouloir à ceux qui continuaient à avancer sur les chemins du temps, lui qui ne désirait rien d'autre que rester éternellement dans ce deuil qu'il portait avec ostentation. Puis Jérôme cessa de penser au père : la route s'étalait devant lui comme un ruban : le ruban de sa vie qu'il déroulait.

Le soleil était haut dans le ciel, ils avaient bien avancé. Adrian proposa qu'ils prennent du repos.

Comme il était étrange de déballer les mets préparés par Katje sur ce bord de chemin inconnu, dans cette campagne sans repères ! Pourtant, l'appétit qui lui avait fait défaut les jours précédents lui revint. Grâce à la marche sans doute, au grand air. Et ce sentiment de légèreté qui s'était insinué en lui, comme si tous les rêves appartenaient au possible, n'était-ce pas tout simplement la joie ?

Adrian s'endormit rapidement dans l'herbe. Jérôme en aurait presque été jaloux s'il n'avait été si soulagé du silence retrouvé. Poussés par un vent fort, les nuages passaient vite et haut dans l'azur intense et lumineux. Le soleil succédait sans cesse à l'ombre sans laisser le temps de frissonner ou de transpirer. Jérôme écoutait le bruissement des feuillages et le charivari des oiseaux et des insectes qui menaient à un rythme palpitant leurs besogneux labeurs. La route était déserte. Jérôme s'allongea et croisa les jambes. Il s'amusait à cacher les nuages de ses pieds. En marchant, ils avaient croisé des paysans qui se rendaient aux champs mais pas d'autres voyageurs. Jérôme pensa aux récits terrifiants qu'on lui avait faits de la route, les voleurs, les soldats égarés, les fous échappés. Comme son voyage était différent ! Les premières pousses de blé frissonnaient, herbes fines d'un ton de vert très cru, très intéressant, Jérôme se demandait avec quel pigment... Il se redressa : un homme approchait, un homme seul qui tenait un bâton sur lequel il s'appuyait. Sa silhouette apparaissait et disparaissait, toujours plus grande. Le voyageur serait bientôt à leur hauteur. Se pourrait-il que l'homme fût un bandit déguisé afin de mieux les surprendre et les dévaliser ? Jérôme craignait, s'il réveillait Adrian, de montrer son ignorance des coutumes du voyage, mais il n'eut pas le temps de réfléchir : l'inconnu était devant lui, et Jérôme répondit à son salut en se relevant.

D'après la démarche lente et hésitante, à cause du bâton et du vêtement, Jérôme avait imaginé que le voyageur serait un vieillard. Mais son visage était jeune, bien que marqué de rides profondes. Il avait les traits d'un homme que la vie avait exposé aux intempéries. Il portait une houppelande déchirée, et sa jambe gauche était emmaillotée dans un linge souillé, comme s'il protégeait une plaie. Sans doute était-il un pèlerin ou un mendiant. Jérôme ne savait que dire. Pour cacher son embarras, il proposa à l'inconnu les reliefs de son repas. L'homme accepta. Ses yeux brillaient tandis qu'il se jetait sur un morceau de pain. Jérôme comprit qu'il était affamé. L'homme s'empara d'un morceau de fromage, mais refusa le lard que Jérôme lui tendait car, dit-il, il avait fait vœu de ne plus manger de chair morte. Il mastiqua rapidement en prononçant à chacune de ses bouchées quelques mots de remerciement à Dieu. Quand il eut terminé, il dit à Jérôme qu'ils feraient bien de reprendre la route car la pluie n'allait pas tarder.

Jérôme regarda le ciel bleu à peine voilé par quelques traînées blanches, persuadé que l'homme se trompait, mais pour ne pas le contrarier il réveilla Adrian. Celui-ci, fâché d'avoir été surpris dans son sommeil par un étranger, observa à son tour le ciel et, moins timoré que Jérôme, déclara qu'il ne tomberait certainement pas la moindre goutte avant plusieurs jours...

Ils reprirent la route. Adrian, dont les accès de mauvaise humeur ne duraient pas, sembla trouver de l'intérêt à ce nouveau compagnon à qui il posa quantité de questions indiscrètes. Jérôme se dit que ce parler franc était sans doute une autre des coutumes des voyageurs. Les réponses de l'homme ainsi que sa sérénité extérieure l'impressionnaient. Adrian perdait lui aussi peu à peu de son assurance bien qu'il s'en cachât en affichant une ironie blessante. Mais l'homme restait indifférent à toutes les provocations. Malgré son air de miséreux, il dégageait une grande autorité, et ses gestes avaient une douceur surnaturelle. Jérôme se souvint de certains récits de la mère. Et si l'homme était un ange, un être envoyé par Dieu pour les éprouver ? Jérôme lui posa la question, et l'homme se mit à rire : Jérôme le flattait, mais hélas il n'était qu'un pauvre homme dont la seule vertu était de chercher à imiter celles des saints. D'ailleurs, il n'y avait pas si longtemps encore, il était semblable a eux, un jeune homme ambitieux et avide de ce que la vie lui réservait. Il exerçait le métier de marchand de couteaux, comme son père avant lui.

— Drôle de métier..., remarqua Adrian.

Quelques années auparavant, le jeune marchand parcourait le pays en achetant aux artisans leurs productions qu'il allait revendre sur les marchés de riches cités. Fiancé à la fille d'un coutelier, il attendait pour se marier d'hériter de la boutique familiale. Un jour, il fit la route en compagnie d'un prédicateur, un homme qui ne possédait rien d'autre que ce qu'il avait sur le dos et qui allait de maison en maison pour tenter de rendre les hommes meilleurs. Ce n'était pas un de ces charlatans qui vous terrorisaient par leurs discours et amassaient une fortune sur le repentir des autres. Non. C'était un ancien soldat qui avait commis de grandes fautes, s'en était repenti et voulait aider les autres hommes à demander pardon. Le jeune marchand avait abandonné ses couteaux, ramassé un bâton, déchiré ses vêtements comme il sied à un pénitent. Il avait suivi le prédicateur. Déjà, dans son sillage, il y avait plusieurs hommes et quelques femmes. Ils n'avaient plus d'attaches, ne disaient pas d'où ils venaient, ne formaient pas de projets d'avenir. Ils aidaient le prédicateur à convaincre toujours plus d'hommes.

Quand Jérôme demanda à l'inconnu pourquoi il n'était pas entré dans un ordre, l'homme le regarda d'un air bizarre. Pour lui, l'Église était une institution humaine comme les autres, avec sa hiérarchie, ses ministres ambitieux, ses moyens de rétorsion et d'exclusion. Rites et sacrements étaient devenus impies depuis que l'Église les faisait prendre pour la piété elle-même et qu'il y avait confusion entre pouvoir spirituel et pouvoir temporel. Comme le pèlerin expliquait et s'enflammait, Adrian jeta du côté de Jérôme des regards effrayés et il passa sous son cou une main inquiète : le discours de l'homme était trop proche de celui de certains qui avaient fini au gibet. Il trouvait que ces idées ne les concernaient en rien...

Jérôme saisit ses regards et son geste. Il frissonna de la menace que représentait l'homme, mais continua à l'écouter. Ce n'était pas tant le sens des paroles qui le fascinait que le simple fait qu'elles soient différentes de celles qu'il avait toujours entendues. Jérôme pressentait que le monde était ainsi fait qu'une multitude de pensées et d'univers pouvaient y cohabiter sans que personne détienne jamais l'unique vérité. Jérôme en était troublé. Il venait à peine de quitter sa ville natale, ce matin encore son unique univers, que déjà elle lui paraissait tenir bien peu de place dans le vaste monde.

Le pèlerin ne se risqua pas plus avant dans ses théories hérétiques. Il continua de raconter sa vie. Il avait suivi son maître le prédicateur sept ans durant, puis le groupe était devenu tellement important qu'il s'était scindé en deux. Tandis que le maître se dirigeait vers les plaines de l'est avec une partie d'entre eux, les autres avaient décidé de se rendre en Terre sainte. Ils n'y étaient jamais arrivés. Ils avaient eu tant d'aventures ! Tant de compagnons étaient morts sur la route... Le pèlerin avait assisté à des guerres et à des combats fratricides. Il avait vu des villes ravagées par les pillages. Il avait traversé des royaumes où les riches mangeaient des fraises en hiver et donnaient des volailles rôties à leurs chiens tandis que les pauvres mouraient de faim dans leurs cahutes sans feu. Il avait surpris certains compagnons abandonnant leur idéal et se trahissant les uns les autres. Il avait perdu le désir d'aider l'humanité. Alors, suivant l'impulsion de son cœur, il avait quitté la compagnie des hommes. Il lui fallait être seul pour lutter contre le sentiment de haine qu'ils lui inspiraient. Il avait habité trois ans dans une forêt, gîtant dans le tronc d'un arbre, avant de réaliser qu'il était lui aussi un homme que guettait comme les autres l'infamie.

L'homme se tut. Même Adrian restait silencieux. Puis l'homme reprit, souriant aux jeunes gens impressionnés : depuis quelques mois, il était ressorti de la forêt et vivait à nouveau dans la société. Comme il disait cela, la pluie commença à tomber, et l'homme, avisant une grange vide au bord de la route, leur dit qu'il s'arrêterait là pour la nuit. Il posa son regard sur Jérôme qui trembla. Le récit de l'homme l'avait bouleversé. Il trouvait son destin insolite et exceptionnel... mais Adrian le tira par la manche : il fallait avancer, le maître enlumineur l'attendait à Anvers. Et Jérôme suivit Adrian.

La pluie ne cessa de tomber durant la soirée qu'ils passèrent dans l'auberge d'étape. Elle frappait violemment le toit et s'infiltrait par la cheminée de la grande salle. Adrian avait retrouvé à l'auberge des visages familiers. Il pétillait d'amabilité et luttait d'éloquence avec un étudiant en rhétorique pour s'attirer les faveurs d'une jeune servante.

Tandis qu'Adrian s'épanouissait, Jérôme se laissa envahir par une sourde hostilité envers les occupants de l'auberge. Il se détourna d'eux pour se rapprocher du feu et suivre avec une fascination abrutie les gouttes de pluie qui s'écrasaient en bruissant sur les bûches. Le rire était pour lui une terre inexplorée. Il avait conscience d'être un piètre compagnon, lui qui ne saurait, même en s'y efforçant, raconter la moindre plaisanterie. Sur sa nuque, tels des attouchements indésirables, il sentait peser les regards des inconnus qui l'entouraient. Était-ce son corps qui intéressait certains ? Était-ce sa bourse, son âme ?

Sans attendre la soupe, Jérôme décida de se retrancher dans la salle contiguë où des paillasses attendaient les voyageurs. Il s'allongea dans la pénombre en refoulant à grand-peine des larmes de fatigue et de commisération sur lui-même.

Surtout, ne pas penser à la journée passée, à la distance parcourue, au foyer natal désormais lointain. S'endormir, quitter le lacis tortueux de l'éveil, se perdre dans l'immensité simple du sommeil, se vider. Qu'avait-il aussi à arpenter les routes, loin de la maison paternelle, à courir après le rêve vaniteux de devenir un peintre hors du commun ? Où donc avait-il été chercher cette démesure ? Une telle outrance ? Devenir unique ? Chacun n'était-il pas une goutte d'eau dans l'océan humain ? Cet orgueil qui se cachait sous une timidité que d'aucuns pouvaient prendre pour de la modestie, ne serait-il pas l'instrument qui le ferait chuter ?

La pluie, le vent qui soufflait par rafales, les rires des clients dans la salle, les hennissements des chevaux dans l'écurie proche réveillèrent sa peur toujours prête, la patiente, à surgir pour l'emmener sur le territoire infernal dont il était le si malléable sujet... Jérôme se redressa. Outrance, orgueil, chute... Au fond de sa gorge, il sentait surgir le vagissement intérieur qui précédait le hurlement ouvrant la porte à toutes les visions terrifiantes. Pour se défendre, une seule solution : regagner la grande salle, la compagnie des hommes, et vite... À l'instant où il se levait, la porte du dortoir s'ouvrit. Un rire de femme éclata et ruissela comme une eau vive. Jérôme se recoucha en hâte. Il entendit la voix d'Adrian qui suppliait et un rire moqueur qui s'éloignait, celui de la jeune servante qui s'offrait et se refusait, se moquant de ces hommes qui passaient et lui offraient leur amour sans jamais lui parler de départ… et qui repartaient sans prévenir.

Adrian approchait d'un pas traînant.

— Jérôme ? Tu dors ? Tu es mon ami, Jérôme, le seul… Je t'aime, Jérôme, tu es gentil. Tu veux que je te dise, cette fille, Marieke, elle ne me plaît pas tant que ça…

Son souffle chaud puait le vin, et Jérôme feignit le sommeil. Le cœur lui manquait pour prêter l'oreille à d'autres récits du bavard. Adrian se jeta sur la paillasse voisine. Sa respiration s'allongea, il s'endormit, abandonnant Jérôme à la solitude et à la nuit interminable.

À l'aube, le raffut de la basse-cour arracha Jérôme au sommeil. Il se réveilla dans la salle commune de l'auberge et découvrit avec surprise qu'autour de lui toutes les paillasses étaient occupées. Il n'avait entendu personne s'installer à partir du moment où Adrian s'était couché. Enjambant les ronfleurs, il alla secouer Adrian qui grogna et quitta à contrecœur le rêve où Marieke enfin soumise allait lui dévoiler ses charmes…

Jérôme avait hâte de reprendre le voyage. Il força Adrian à avaler rapidement son déjeuner et ils repartirent. La route était détrempée, la boue collait aux bottes. Ils marchaient, chacun dans ses pensées, luttant contre les rafales humides. Bientôt, la pluie recommença à tomber, les cinglant au visage. Les idées échangées la veille avec le pèlerin occupaient l'esprit de Jérôme tandis qu'il suivait Adrian sur la route d'Anvers. La conception si simplement exposée par l'inconnu d'une Église qui ne serait que spirituelle donnait forme à des idées que Jérôme n'avait jusque-là jamais énoncées, seulement ressenties. Les gémissements d'Adrian qui se plaignait de ses vêtements transpercés par la pluie ne l'atteignaient pas. Comme son compagnon, Jérôme claquait pourtant des dents, mais c'était comme s'il ne sentait plus son corps. Ce qu'il n'avait pas avoué au pèlerin croisé la veille, c'était la fascination exercée sur lui par cet épisode où l'homme s'était retiré du monde. En serait-il capable, lui, Jérôme ? À moins que sa réponse à l'appel transcendant ne trouvât sa solution d'une autre façon. Dans la lente et patiente recherche des images qui rendraient le plus justement ses doutes et ses certitudes. Peut-être.

— Et si on attendait que ça s'arrête ? cria Adrian de sous sa capuche, il y a une ferme là-bas.

— Ah, non, dit Jérôme, on continue...

Adrian ronchonna. Jérôme sentait bien que son compagnon commençait à en avoir assez de lui. Heureusement, ils rattrapèrent un groupe de marchands picards qui faisaient le chemin vers Anvers, et Adrian se lia immédiatement avec l'un d'entre eux tandis que Jérôme restait à part des autres, le nez sur les trous boueux du chemin.

Il sursauta lorsqu'il entendit un soldat hurler :

— Les artisans et les marchands d'abord !

C'était le crépuscule. Les murs d'Anvers s'élevaient devant eux, et ils attendaient au milieu d'une petite foule qui désirait passer la muraille. Quand leur tour arriva, Adrian déballa ses documents en expliquant les raisons de son voyage. La sentinelle, déçue de ne pouvoir lui extorquer plus que la somme admise de l'octroi, se détourna et saisit Jérôme par les épaules. Il le souleva et le secoua comme s'il était un arbre dont on veut faire tomber les fruits. Jérôme se laissait malmener sans tenter de se dégager. Il pensait à ces lapins attrapés par Goosen qui couinaient en s'agitant frénétiquement tandis que leur tortionnaire ravi les exhibait à la ronde. Il capta alors le regard désemparé d'Adrian et se mit à crier : il possédait lui aussi tous les papiers nécessaires à son établissement dans la ville ! Le soldat le lâcha en lui lançant toutes sortes d'insultes. Sans répliquer, Jérôme dégagea un sac de cuir coincé sous son aisselle et brandit la lettre d'invitation du maître enlumineur.

9

À peine était-il installé à Anvers que Jérôme prit la grande ville en horreur. Les rues étaient sales et sans doute les âmes de leurs occupants l'étaient-elles aussi. Chaque fois qu'il quittait l'atelier du maître, Jérôme se perdait dans les venelles étroites où les habitants se moquaient de lui lorsqu'il leur demandait son chemin.

Jérôme avait peur de se perdre, et pas seulement dans les rues. Entre le spectacle permanent des places publiques, les estaminets, les salles de jeux, les bains publics où l'eau chaude coulait en permanence, les boutiques dont le contenu dépassait l'imagination, la tentation était grande de céder à l'oisiveté et à la luxure, d'autant plus que la ville s'étendait sans cesse et que personne ne connaissant personne, l'anonymat était un manteau idéal pour dissimuler les mauvaises consciences.

Les nuits étaient le théâtre d'une grande violence. Le vin coulait à flots. Les dagues les plus acérées surgissaient des replis cachés des vêtements sans qu'aucune crainte habitât les cœurs. Jalousies et colères, désirs bestiaux et avidité régnaient sans partage. Plus que la tentation de la chair et des plaisirs, c'était surtout la tentation du prestige social et du pouvoir qui effrayait Jérôme. Toute reconnaissance passait par le prestige, tout prestige par l'apparence. Une belle allure donnait contenance et confiance en soi.

À l'atelier, il avait constaté comment certains de ses compagnons, arrivés de villages ou de petits bourgs comme le sien, se transformaient. Les jeunes gens comprenaient rapidement qu'il leur fallait de l'argent pour se vêtir et mener grande vie. Ils mentaient pour emprunter et allaient même jusqu'à voler car ils ne parvenaient plus à résister aux désirs que faisait naître en eux la ville. Les remords étaient noyés dans le vin ou rachetés par une confession facile à un prêtre qui ne pouvait refuser une rétribution qui irait, de toutes les façons, remplir la poche d'un concurrent moins pointilleux s'il la refusait...

Jérôme se sentait fragile. Pour se protéger du monde — et en premier lieu de lui-même — il s'efforçait de ne penser qu'à manier la plume et le pinceau, copier d'après nature, dessiner et peindre. Il cherchait à se fondre dans l'univers de l'atelier où il était apprenti, ce monde dans le monde, avec son maître et ses sujets, les cinq assistants et la dizaine d'apprentis penchés sur leurs ouvrages précieux qui devenaient terre à cultiver, eau à boire, air à respirer.

La distance parcourue entre sa ville natale et Anvers, Jérôme la parcourait en lui-même. Il voulait éviter de refaire les erreurs de son enfance, lorsqu'il s'isolait en renvoyant l'image d'un orgueilleux satisfait. Il tentait de vivre avec ses compagnons sans renoncer à ses choix profonds. Lorsque, tard dans la nuit, il restait dans un estaminet, il regrettait les heures de travail perdues et la fatigue du lendemain. Le vin, bien sûr, lui tournait la tête et lui procurait l'oubli de ses doutes, mais la gaieté de l'ivresse l'entraînait vers la tristesse et il se surprenait souvent à pleurnicher. Et si les baisers d'une fille excitaient en lui un appétit charnel qu'il aurait aimé assouvir, son désir s'éteignait lorsque la bêtise ou la vulgarité réapparaissait dans un rire ou une phrase par trop obscène.

Jérôme s'attira pourtant des affections sincères. En premier lieu, celle de son maître dont il admirait l'étendue des savoirs et la faculté de rendre cohérent dans l'atelier le travail de chacun. Le maître avait beaucoup voyagé. Il lâchait de temps en temps des descriptions de ce qu'il avait vu ailleurs, les différentes habitudes, les mœurs étranges. Il choisissait ses mots avec soin, et leur rareté stimulait la curiosité de ceux qui l'écoutaient. À ceux qui posaient des questions, le maître prêtait des livres. Un jour, comme il parlait des ruines de monuments romains qu'il avait arpentées en Italie, il sortit sa collection de monnaies antiques. Jérôme ressentit une vive émotion à la vue de ces traces d'une civilisation disparue depuis longtemps.

Jérôme se lia avec des apprentis. L'un d'eux, Thomas, venait de France. C'était un garçon timide et discret, assoiffé de connaissances et passablement tourmenté. Comme Jérôme, Thomas était souvent heurté par le rapport qu'entretenaient nombre d'apprentis avec le savoir, n'y trouvant qu'un moyen pour s'établir dans la société, acheter une maison, se marier, mener une vie confortable. Mais son grand ami était Cornélius, le fils d'une famille de miniaturistes de Gand. Celui-là était d'un naturel expansif et gai et, s'il apportait à Jérôme une perception du monde aussi noire et angoissée que la sienne, celle-ci se déclinait sur un mode comique. Cornélius ne refusait pas les plaisirs de ce monde. Il voulait les partager avec Jérôme et tentait de lui faire prendre goût à ce que la vie avait d'aimable. Il l'entraîna à des fêtes et à des spectacles dans de riches maisons où Jérôme eut accès à des œuvres de maîtres anciens ou étrangers. Grâce à Cornélius, qui était mondain et apprécié des femmes, Jérôme découvrit une société qu'il ignorait, et ce fut comme s'il se trouvait face à une flore inconnue. Il tenta de classer ce qu'il percevait, musique, rhétorique, astronomie, poésie, violence des sentiments débridés, frénésies des passions, outrances du mysticisme. Il avait l'intuition d'un monde qui bougeait, changeait, se cherchait un équilibre.

Thomas, Cornélius et Jérôme s'échangeaient des livres prêtés par le maître ou achetés pour quelques sous. Ils partageaient leurs bouts de chandelles lorsqu'ils restaient à lire tard la nuit dans le grenier où ils couchaient. Parfois, ils jouaient à échanger des adages de leur famille et de leur province, « sages jusqu'à la barbe », « un seul en vaut un grand nombre », « connais-toi toi-même »... et l'aube surprenait leurs fous rires ou leurs reparties enflammées qui réveillaient un compagnon moins avide qu'eux de ces nourritures de l'esprit. Ils avaient de longues discussions sur le sens de la vie, l'utilité des arts, le repentir et les fautes vénielles. Prenant exemple sur Cornélius, Jérôme apprit à intérioriser ses angoisses ou à en parler de manière détournée.

— Les hommes peuvent-ils changer au cours de leur vie ?

— Non. L'individu est borné par lui-même. Mais peut-être faut-il croire en des améliorations au niveau des hommes en tant que groupe ?

— L'humanité ?

— Oui, l'humanité.

— Quand on voit que des soldats réguliers incendient tout un village parce qu'un prétendu dangereux hérétique y est peut-être caché, je me dis que l'attitude des hommes n'évolue pas.

— Jérôme! Tu veux dire que l'humanité ne progresse pas?

Jérôme sourit tristement :

— C'est ce que je pense : il y a toujours des hommes justes et des hommes mauvais, et seul l'équilibre entre ces deux catégories varie selon les époques.

— C'est affreux ce que tu dis...

— Jérôme a raison, tu es bien naïf, Thomas. Sinon, comment expliquer que l'histoire humaine se répète sans cesse? Ainsi...

— Je ne suis pas d'accord.

— Ainsi, les massacres d'innocents au nom de dogmes temporairement irréfutables...

— Moi, je crois que l'humanité progresse...

— Thomas, Thomas...

— Moquez-vous, toi et Jérôme. Si je ne croyais pas que les hommes peuvent être bons, je deviendrais fou.

— Ça ne va pas tarder alors... Les hommes sont bien trop attirés par les illusions de la vie, trop faibles pour renoncer à leurs folies... Les hommes ne sont que pourriture.

Jérôme s'esclaffa :

— Là, tu y vas fort, Cornélius. Regarde Thomas, il devient vert! Moi, je pense qu'il y a en chaque homme autant d'aptitude au mal qu'au bien, sauf qu'il est à craindre que les hommes ne soient incapables de dominer la mauvaise part qui est en eux...

— Laisse-moi m'expliquer... Sans doute les hommes ne méritent-ils rien d'autre qu'un châtiment terrible...

— Jérôme veut devenir prêtre...

— Mais pas du tout ! Qu'est-ce que tu insinues ?

— La question n'est pas là.

— La question, c'est que...

Si Jérôme continuait à effectuer son travail de miniaturiste sur les ouvrages réalisés dans l'atelier, il mettait en œuvre ce qu'il voyait et apprenait, écoutant sans mot dire les commentaires que lui faisaient ses compagnons de travail à propos des dessins et des barbouillages qu'il effectuait à temps perdu : esquisses de portraits, saynètes burlesques faites à la mine où il essayait de rendre des situations cocasses de la vie quotidienne. On trouvait son trait grossier et ses sujets choquants. On s'étonnait de la simplification qu'il faisait subir aux drapés des vêtements. On ne comprenait pas pourquoi il représentait des scènes aussi triviales qu'une danse villageoise, un étal de marchand ou un intérieur paysan.

Jérôme avait approché des œuvres sublimes ; il avait tenté de les copier, mais ne sentait pas le cœur plein de la sérénité qui se dégageait de la plupart des tableaux qui le ravissaient. Malgré lui, malgré ses goûts et son admiration, il produisait autre chose. Certains des petits dessins qu'il jetait çà et là faisaient rire l'atelier. Il persévéra. Il s'essaya à rendre certains dictons, certaines fables populaires. Et si Thomas fronçait les sourcils, si Cornélius se tapait les cuisses en hurlant de rire, c'était tant pis, ou tant mieux.

Un jour de canicule, tandis que le maître était parti rejoindre son épouse dans un village et que les apprentis avaient disparu dès l'aube à la recherche d'abris contre la chaleur, Jérôme se retrouva seul avec Cornélius dans l'atelier. Le grattement de leurs outils attestait de leur activité, mais la température ne faisait qu'augmenter. Cornélius finit par lever le nez de son ouvrage :

— Je n'en peux plus, Jérôme, j'ai la tête comme une citrouille trop cuite...

— Tu te demandes pourquoi ?

Jérôme avait entendu Cornélius rentrer à l'aube et devinait que son ami avait passé la nuit dans une taverne à jouer aux cartes.

Cornélius s'approcha du chevalet devant lequel se tenait Jérôme. Il souriait d'un air penaud :

— Sois miséricordieux pour une fois, garde tes sarcasmes, Jérôme. Il fait trop chaud, sortons, veux-tu ?

Dans la rue, le sol dégageait une telle chaleur qu'il en était éblouissant. Jérôme n'avait pas quitté l'atelier depuis plusieurs jours, et le lourd silence qui étouffait la ville le surprit. Il écouta Cornélius lui raconter comment il s'était encore fait plumer au jeu. Chaque fois, Cornélius jurait qu'on ne l'y reprendrait pas, mais chaque fois...

— Tu as raison, Jérôme, tu as beau être un atroce rabat-joie, pour ce qui est du jeu, tu as raison, c'est une activité vaine et déplorable. L'amour charnel et les femmes au moins donnent un plaisir vrai...

Les femmes ? Jérôme ne répliqua pas. Il ne savait rien des femmes et n'éprouvait pour elles nulle fascination.

Ils dépassèrent les derniers faubourgs sans rencontrer quiconque et longèrent des vergers aux arbres chargés de fruits. À chaque pas qu'ils faisaient, Jérôme se sentait plus léger et il sourit en regardant un chien qui se roulait dans la poussière, le ventre à l'air, se disant que son plaisir était au moins réel. Cornélius lui fit remarquer qu'il ne l'avait jamais vu si gai, et Jérôme lui raconta les promenades qu'il faisait aux alentours de sa ville natale, le bonheur qu'il éprouvait à se fondre dans la campagne. Quittant les champs délaissés par les paysans, ils s'engagèrent sur un chemin qui pénétrait dans un bois et bientôt débouchèrent dans une clairière où des jeunes gens s'ébattaient. Certains dormaient, allongés dans l'herbe, d'autres, assis en cercle, jouaient à des jeux de société, d'autres encore poussaient une balancelle que des jeunes filles essayaient à tour de rôle en gloussant. Nombre d'entre eux étaient presque nus et offraient aux rayons solaires des chairs pâles et maigres qui rappelaient celles de très jeunes enfants. Ils saluèrent l'arrivée de Jérôme et de Cornélius. Le regard de Jérôme croisa celui, espiègle, de Cornélius.

Jérôme rougit. Mal à l'aise, mais sans aigreur et curieux, il souhaita le bonjour à la folâtre compagnie. C'était la première fois qu'il voyait des êtres exposer sans pudeur leur nudité et qu'il apercevait autrement que furtivement des femmes déshabillées. Chez lui, sa mère, ses sœurs et les servantes gardaient secrètes les courbes de leur corps. Là, dans ces êtres qui se préparaient gaiement à la baignade, il était surpris de découvrir une beauté émouvante et pure, comme le reflet d'un monde dont l'homme par son avidité aurait précipité la disparition.

Ils prirent place au sein d'un groupe qui grignotait des fruits et des galettes en discutant d'art et de morale. Cornélius le présenta à la ronde. La douceur de l'air, les sourires de chacun, tout concourait à rendre l'instant délicieux. Lorsque ses nouvelles connaissances se dirigèrent vers la rivière, il les y accompagna. Joignant ses gestes aux leurs, il se dénuda et pénétra dans l'eau. Sa fraîcheur saisit sa peau d'un frisson. Il pataugea au milieu des autres, les yeux ouverts sur le ciel au-dessus d'eux que le faîte des arbres encadrait comme le plafond d'un palais à la mode italienne.

— Et vous vous appelez comment ?

— Comment ?

— C'est quoi votre nom ? Moi, c'est Berthe.

— Jérôme...

C'était le soir sur le chemin du retour. L'air était toujours aussi chaud qu'à l'intérieur d'un four à pain, mais le soleil baissait et l'on sentait son ardeur faiblir. Jérôme se laissait envahir par l'insouciance et il sourit à la jeune fille aux yeux bleus pétillants de malice qui lui demandait son nom. Ils s'étaient parlé lors de la baignade, et la jeune fille l'avait frôlé à plusieurs reprises de sa peau laiteuse et douce. Elle était très accorte. Son rire sonnait comme mille grelots.

— Je suis lavandière dans les faubourgs nord, et vous ?

— Je suis apprenti dans un atelier de peinture.

— Je vous ai pris pour un clerc. Vous êtes à Anvers depuis longtemps ?

— Quelques mois. Et vous ?

Conversation légère, dictée par la courtoisie et les règles d'approche. Jérôme suivit la belle baigneuse jusque dans un grenier où, la nuit durant, grisés d'air et de soleil, ils s'embrassèrent et se palpèrent tandis qu'elle lui faisait découvrir les différences de l'autre sexe.

Lorsque, au matin, Jérôme se réveilla contre Berthe, il ne désirait qu'une chose : y rester. Aussi, quand elle lui donna à nouveau rendez-vous pour le soir, il sauta de joie et l'embrassa encore un peu. D'un naturel heureux, Berthe riait sans cesse et sans raison. Elle l'appelait « mon petit moine » tandis qu'il la surnommait « le petit papillon ». Elle semblait ne connaître que la joie et n'avoir peur de rien, menant sa vie avec une insouciance telle que l'idée de péché paraissait absolument étrangère à sa conduite et à ses choix. Chaque jour, ils se retrouvaient et se quittaient en roucoulant. Jérôme se laissait entraîner sans plus rien décider de lui-même. Les mots qu'il chuchotait à Berthe, les gestes qu'ils faisaient ensemble, toute cette nouveauté absolue, il la vivait comme si elle arrivait à un autre que lui. Tout allait si vite qu'il n'avait pas le temps de réfléchir. Travaillant le jour et dormant peu la nuit, il rattrapait ce qu'il s'était jusque-là refusé. Cornélius observait sans rien dire.

L'été passa. Chaque nuit, Jérôme rejoignait Berthe. Un soir qu'il arriva en retard, il ne la trouva pas. Interrogée, la femme qui leur louait le grenier pour quelques sous fut incapable de lui dire si Berthe était venue au rendez-vous puis repartie, ou si elle n'était pas venue du tout. Ivre comme chaque soir, la logeuse confondait les jours et ne distinguait plus la veille du lendemain. Jérôme n'insista pas. Les allusions grivoises de la femme qui proposait ses services en remplacement de ceux de Berthe le dégoûtaient. Elle souillait l'image qu'il avait de ses amours tout en les replaçant dans leur véritable perspective, la chair pour la chair et le plaisir pour le plaisir. Jérôme s'enfuit, jurant de ne plus revenir.

À l'atelier, il ne dit mot de son aventure. Sa présence à nouveau assidue parlait d'elle-même. Il avait peur qu'on se moque de lui, mais personne ne lui fit la moindre remarque. Cette indifférence que les autres portaient à ses amours les rendit banales, ce qui au bout du compte le rassura. Il ne revit jamais Berthe, pas même par hasard, et ne sut pas ce qui était arrivé. Il associait son aventure à toutes les choses mystérieuses qui accompagnaient la part féminine du monde, le sang, le lait, la conception, l'enfantement. C'était à tout prendre un univers qui l'effrayait moins que celui des hommes, mais auquel il se sentait malgré tout totalement étranger.

Les femmes de son enfance, sa mère et ses sœurs Katerijn et Herberta, la nourrice Lol et sa fille Anneke, formaient dans la maison un monde à part qui fonctionnait avec ses rythmes et ses joies particulières. Elles étaient le feu, la nourriture, les étoffes et l'ordre. Celles qu'il connut à Anvers, bien qu'il les considérât comme d'intéressants spécimens humains, de la même manière que les hommes pouvaient l'être, il les associait à une menace dont il ne savait au juste si elle concernait le rythme déjà tourmenté de ses jours ou plus dangereusement le salut de son âme.

Lorsqu'il surprenait Thomas, alangui et le regard perdu, écrivant une chanson pour une femme à qui il n'avait jamais adressé la parole, il ne comprenait pas son ami. De la même manière, lorsque Cornélius lui parlait des heures durant de la bouche couleur pivoine d'une demoiselle de sa connaissance ou lorsque le jeune homme rentrait désespéré d'avoir été éconduit par une belle, il semblait à Jérôme entendre parler une langue dont il ne connaissait pas un mot. Pour lui, l'amour résidait dans l'affrontement singulier des corps et dans le plaisir immédiat. En aucun cas il ne le rattachait à un mouvement de l'âme, et il n'était jamais fâché de voir s'interrompre une aventure galante qui devenait régulière. Il retournait à la solitude avec soulagement, comme un chien sort du bois où il a cru devenir loup.

— Ce qui est laid n'est pas tant le baiser..., tentait-il d'expliquer à ses compagnons.

— Quoi alors ?

— Un baiser peut être pur.

— C'est l'intention qui te gêne ?

— Je dirais plutôt que c'est la manière.

— Comment ça, la manière ?

— Mes pensées sont souvent pires que mes actes...

Loin des siens, le jeune homme orgueilleux et taciturne n'était certes pas devenu modeste et jovial, mais il avait l'impression de se connaître mieux. Il se trouvait à Anvers depuis trois années lorsque son maître lui proposa de rester travailler chez lui en devenant son associé. Il désirait lui soumettre des travaux d'importance et pensait que sa fille, qui venait d'atteindre onze ans, pourrait, s'il attendait quelques années, faire pour lui une bonne épouse.

La proposition était flatteuse. Jérôme n'en croyait pas ses oreilles. Par une alliance avec la fille du maître, il pourrait prétendre à une place avantageuse dans la société anversoise, et sans doute, quand le maître se retirerait, serait-il à même de diriger seul l'atelier. Pourtant, ce qu'il avait pu découvrir à Anvers, dans les églises et les grandes maisons, l'avait conforté dans sa volonté de s'adonner à la peinture ornementale et non à l'illustration, et il avait l'intention d'accomplir son périple de compagnon, avant de retourner dans sa ville natale où une place l'attendait à l'atelier familial. À Anvers, trop de peintres illustres exerçaient déjà leur talent, et il ne se sentait pas la volonté de s'imposer parmi eux par le combat ou des manières courtisanes. Le cœur serré, car il aimait beaucoup son maître, il lui expliqua honnêtement pourquoi il déclinait son offre généreuse. Il avait délaissé le nid pour ouvrir ses ailes, il devait désormais s'élancer de la branche pour voler, ou tomber.

10

Jérôme se préparait à effectuer son tour de compagnon quand une lettre de sa sœur Katerijn le rappela d'urgence dans sa ville natale : le père avait décidé de se remarier, cela malgré tous les avis contraires. Katje espérait que l'intervention de Jérôme pourrait le ramener à la raison. Jérôme était d'autant plus surpris par la nouvelle que l'attention d'Anthonys, qui avait passé vingt ans sous la coupe de leur très austère mère, s'était fixée sur la frivole Merteld, la fille de leurs voisins.

Merteld, Jérôme la connaissait bien. Enfant, elle patinait et cherchait avec eux des œufs dans les buissons alentour. Souvent aussi, lorsqu'un jeu durait jusque tard dans la soirée, elle restait dormir dans la chambre des filles. Son appétit vorace l'avait fait craindre de Lol car elle ne manquait jamais l'heure d'un gâteau sorti du four, comme si elle l'avait flairé de chez ses parents.

La mère disait qu'on ne pouvait pas compter sur la jeune fille. Née la même année que Katerijn qui prenait depuis longtemps part aux travaux domestiques, Merteld était si extrêmement étourdie que ses parents ne lui confiaient aucune responsabilité. Elle aimait jouer, plus particulièrement avec les garçons qui appréciaient sa compagnie, admirant son habileté à grimper aux arbres ou sa capacité à patiner à reculons. Mariée très jeune à un orfèvre de Breda, Merteld avait tôt disparu de leur quotidien mais, devenue veuve quelques années plus tard, elle était revenue chez ses parents et avait pris soin de Katerijn durant une maladie qui avait cloué celle-ci au lit, n'hésitant pas à rester à son chevet des nuits durant, affable et dévouée, ce qui étonnait tout le monde car elle avait aussi gardé de l'enfance la réputation d'être paresseuse.

Bien que Jérôme ait tout fait pour rentrer rapidement chez lui, le père avait déjà consommé ses noces avec Merteld lorsqu'il arriva. En découvrant la jeune femme installée à la place de la mère, Jérôme comprit pourquoi Katerijn lui avait écrit une lettre si poignante. Lui qui croyait revenir plus fort et plus sûr de lui-même se trouva déconcerté face à cette femme affable et coquette. Rien d'autre n'existait pour Merteld, semblait-il, que la nécessité de plaire. Sa coquetterie paraissait infinie tant elle passait de temps face au miroir. Elle négligeait les tâches ménagères mais donnait son opinion sur tout et dominait la population masculine de son sourire éclatant. Le père ne lui refusait rien. Jan, qui avait quinze ans, lui était tout acquis, et Goosen, quand il leur rendait visite, souriait niaisement lorsqu'elle lui adressait la parole. Seules les femmes affichaient à son égard de la froideur, et Lol parlait de les quitter pour rejoindre sa fille, mariée dans une bourgade des alentours.

Pendant les années que Jérôme avait passées à Anvers, le père était devenu un homme que son fils reconnaissait à peine, comme si la mort de la mère avait laissé ouvertes en lui des brèches qu'elle aurait durant sa vie continuellement colmatées. Le grand homme maigre s'était voûté, et sa tête autrefois couverte d'une chevelure épaisse s'était dégarnie tandis qu'une petite toux sèche le secouait sans répit. Il se désintéressait de son travail à l'atelier et évitait toute relation directe avec ses enfants comme si leur présence l'eut irrité. Pour lui dire quelque chose, il fallait passer par Merteld qui jouait avec ingénuité le rôle d'intermédiaire.

Si, instinctivement, Jérôme ressentait de la méfiance envers les femmes, de Merteld, il se méfiait plus que de toutes. Sans doute parce qu'elle avait pris la place de la mère, mais aussi parce qu'elle affichait envers lui une façon toute juvénile de s'enthousiasmer de ce qu'il disait ou faisait, le mettant fréquemment dans des situations gênantes. Il redoutait particulièrement ses yeux couleur d'iris, curieux et sans cesse aux aguets comme ceux d'un chat, qui semblaient ne le quitter jamais.

Lorsqu'il la croisait dans un couloir, Jérôme sentait le corps palpitant de Merteld le frôler. Sous la table familiale, son pied déchaussé venait souvent à la rencontre du sien. Alors, peut-être parce qu'il n'imaginait aucun autre moyen pour ne pas trébucher, il devint odieux avec elle, ce qui lui attira non seulement les foudres du père auprès de qui Merteld se réfugiait en pleurant, mais en plus l'ironie de la jeune femme lorsqu'elle lui fit comprendre que sa nouvelle attitude était un aveu de faiblesse. Ce en quoi elle n'avait pas tort.

Un soir, Merteld vint le chercher à l'atelier, et Jérôme n'eut d'autre choix que de partir avec elle. Dans le lourd silence qui accompagna leur départ, Jérôme sentit la réprobation peser sur lui et il se demanda comment il allait se sortir de ce mauvais pas.

L'air était doux. Des tourterelles roucoulaient dans les tilleuls. Fou de rage, Jérôme avançait sans dire un mot, tandis que Merteld, tout à fait à l'aise, se laissait aller à sa gaieté naturelle et babillait. Jérôme marchait les yeux baissés, malgré lui fasciné par la jupe de Merteld qui flottait, se pliait et se déployait autour d'elle, exhalant un parfum de fleurs entêtant. Avec ses manières fraîches et gracieuses, Merteld avait l'air innocent. Était-il possible qu'elle ne fût pas consciente des regards qui les suivaient et qui n'avaient rien d'amènes ?

Un feu dévorait les joues du jeune homme. Bien qu'il s'en écartât, l'épaule de Merteld revenait sans cesse toucher la sienne.

— Pour vous, Jérôme...

Elle avait sorti de son vêtement un petit livre recouvert de cuir qu'elle lui tendit. Il hésita, puis le prit et l'examina, feuilletant délicatement l'ouvrage encore tiède du contact de la jeune femme.

— Pour moi ?

— Oui. Pour sceller notre amitié.

Le livre était un psautier de si petite taille qu'on pouvait l'emporter partout avec soi. Un moine l'avait merveilleusement décoré de miniatures délicates, et une grande ferveur s'en échappait, intimant une sérénité douce, une paix recueillie. Comment refuser un pareil présent ?

— C'est... C'est magnifique... Merci.

Les yeux de la jeune femme brillèrent du contentement d'avoir si justement choisi. Elle n'avait jamais eu l'air si pur, ni si désintéressé, et Jérôme se sentit honteux de sa petitesse. Son imagination n'était-elle pas portée à voir le mal partout ?

Vivante et sereine, bonne et pleine de piété, telle était Katerijn lorsque Jérôme avait discuté avec elle quelques jours auparavant d'un terrain qu'il voulait lui faire acheter dans un quartier prochainement bâti de la ville. Rien n'aurait pu laisser supposer qu'elle serait morte avant de lui avoir donné sa réponse.

Toute sa vie, Katerijn avait été la même personne discrète et simple auprès de qui Jérôme se sentait apaisé. Elle était celle qui veillait au chevet des malades, pas celle sur qui l'on veillait. À la mort de la mère, elle avait désigné Jérôme, de préférence au père ou à Goosen, pour qu'il la représente légalement et, depuis lors, il gérait ses biens au même titre que les siens. Elle s'occupait de lui comme l'avait fait auparavant la mère, sauf qu'elle ne nourrissait aucune attente exigeante, seulement une grande tendresse. Comme ils n'avaient ni l'un ni l'autre le projet de se marier, ils parlaient souvent de mettre leurs biens en commun et de trouver un logement hors de la maison du père.

Lorsque Jérôme apprit que sa sœur était au bord de la mort, il se trouvait dans un village des alentours, parmi les artisans réunis pour les travaux de restauration d'une église. Il écouta l'adolescent hors d'haleine qui était venu le prévenir et partit sans perdre un instant, priant le Ciel de pouvoir embrasser sa sœur vivante. Quand il parvint au chevet de Katerijn, son corps était déjà froid.

Il resta pour la veillée alors que tous voulaient l'en empêcher, arguant de sa santé fragile. Katerijn était sortie du même ventre que lui, et ses traits étaient si semblables aux siens qu'une fois, à carnaval, ils s'étaient amusés à se déguiser lui en Katje et elle en Jérôme. Contempler ce visage presque jumeau figé dans la mort était comme se découvrir tel qu'il serait lui-même inévitablement un jour. C'était un spectacle insupportable, et Jérôme vacilla. Comme les autres s'écartaient, il comprit qu'on le soupçonnait d'avoir contracté la maladie de Katje.

Tout à son vertige, Jérôme se moquait bien de ce que l'on pouvait penser. Il regardait Katerijn, étendue sous un linceul cousu de ses mains pour un autre, un de ces pauvres qu'elle allait soigner dans leurs cabanes et qui lui avait transmis ce mal qui l'avait fait passer de vie à trépas. Katje était étonnamment elle-même tout en étant presque étrangère à celle qu'il avait connue. Son visage habituellement calme et doux semblait furieux, et ses lèvres étaient marquées d'un pli amer. La mort l'avait prise dans la souffrance et l'avait transformée en cette vieille femme mécontente qu'elle n'avait pas eu le temps de devenir.

Comme Jérôme fixait la figure de sa propre mort, il entendit Goosen et sa jeune épouse enceinte quitter la pièce.

— Jérôme, nous allons quérir un chirurgien pour vous, lui dit l'abbé au travers du tissu qui protégeait son visage.

Jérôme n'entendit pas la suite car il s'évanouit. Quand il rouvrit les yeux, trois nonnes étaient penchées sur lui, trois visages de femmes pris dans le cadre austère du voile qui étaient comme des visages de justiciers sévères.

— Je suis mort ? leur murmura-t-il.

Mais les trois têtes secouèrent leurs voiles en signe de dénégation.

Terrassé par une forte fièvre, Jérôme garda le lit quatre semaines. Merteld l'avait installé dans le petit cabinet où la mère rangeait autrefois les objets précieux de la famille, quelques pièces de vaisselle et des bijoux. La chambre avait gardé cette destination, car en la transformant en un lieu où elle pouvait se retirer seule pour dormir ou prier, Merteld l'avait ornée avec les objets qui lui appartenaient et rappelaient son premier mariage avec un orfèvre, chandeliers précieux, crucifix finement décoré, coffrets émaillés.

Les premiers jours, Jérôme délirait comme un petit enfant, pleurant et appelant sa mère ou Katje, flottant sans conscience en un état végétatif. Il s'endormait, se réveillait, s'endormait à nouveau, tandis que Merteld lui faisait boire des liquides chauds et amers, l'habillait et le déshabillait, le manipulant comme une poupée de tissu, molle et indifférente. Les jours et les nuits passaient sans commencement ni fin. Lorsque l'épais sommeil qui accompagnait la fièvre le quitta, il eut de violents maux de tête et vomit. Il hurla et se débattit lorsqu'un prêtre pénétra dans le cabinet, croyant qu'on venait le chercher pour le porter en terre. Les rêves l'envahirent, et sa conscience échauffée devint le théâtre d'apparitions troublantes, fleurs minérales aux couleurs éclatantes qui se déployaient dans un paysage de lumière où une foule d'hybrides humains et animaux se déplaçait lentement ensemble, amicaux et bienveillants. Les humains étaient nus, mais leurs gestes n'étaient pas innocents. Ils agissaient comme les animaux, assouvissant les seuls besoins de leur corps. Leurs regards croisant celui de Jérôme l'invitaient à les rejoindre, et Jérôme ressentait le désir, le plaisir et la honte.

Lorsqu'il perçut la présence de Merteld, Jérôme l'intégra à ses visions. Son visage était souriant. L'odeur de sa peau piquante et sucrée à la fois. Ses mains étaient douces. Elle était le soulagement incarné, celui qu'il éprouvait en plongeant ses lèvres dans l'eau qu'elle lui apportait. Elle était l'assouvissement des désirs. Une promesse. Jérôme devait se retenir pour ne pas poser ses doigts brûlants sur ce beau visage qui avait l'air si frais. Lorsque Merteld s'éloignait, flottant entre les corolles multicolores, il tentait de la suivre, mais elle disparaissait, et Jérôme n'avait pas même la force de la rappeler.

Une fois, comme Merteld quittait la chambre, Jérôme la suivit. Il sortit de son lit et descendit l'escalier à sa suite. Il se retrouva au bord du lac familier de ses rêves, dont les abords étaient formés par de grands rochers aux formes végétales. L'air sentait les fruits rouges écrasés et les roses de juillet. Jérôme, abasourdi, aperçut, disséminés en groupes, une multitude d'hommes et de femmes absolument nus qui déambulaient parmi des fruits géants, ou chevauchaient des animaux. Leurs gestes le firent rougir, d'autant plus qu'ils avaient tous un air d'innocence absolue. Merteld avait disparu, mais une beauté nue s'approcha de Jérôme avec aux lèvres un sourire brûlant de promesses.

— Où sommes-nous ? lui demanda Jérôme en frissonnant. Suis-je revenu à Anvers ? Je ne reconnais pas...

— Tu es au jardin d'Éden bien sûr, lui répondit la femme en effectuant une cabriole.

— Impossible, dit Jérôme, au jardin d'Éden, il n'y avait qu'un homme et une femme, et ils étaient encore purs, regardez ceux-là, ils... Ils...

Jérôme n'avait pas de mots pour décrire ce qu'il voyait. La femme éclata d'un joli rire perlé :

— Ici, c'est le Jardin tel que tu le désires. Quand le temps du Jugement dernier sera passé, seul comptera l'instant présent, celui des plaisirs doux ou violents, de la volupté sans remords, de la jouissance délivrée de la conscience.

— Je ne te crois pas, cria Jérôme, j'ai seulement suivi quelqu'un...

— Je sais bien pourquoi tu es là, puisque je suis issue de tes rêves.

Jérôme, atterré, regarda les hommes qui étreignaient des hommes, et les femmes qui s'enlaçaient entre elles, et il n'aperçut aucun enfant, ni aucun vieillard, seulement des couples aux corps parfaits qui se baignaient, s'embrassaient et se caressaient voluptueusement. Il n'eut soudain d'autre désir que de se laisser aller contre la jeune femme nue. Pourquoi pas ? Mais une chouette hulula, lugubre et prophétique, et Jérôme entendit à travers elle l'avertissement de sa mère, les craquements des feux de l'Enfer et les hurlements des pécheurs. Une douleur intense lui emplit les oreilles, et il chercha en hâte la porte de sa maison qu'il claqua sur lui pour se protéger de ce monde entrevu qui était une illusion, un leurre dangereux, il en était sûr à présent. Dans le monde réel régnaient la maladie, la mort et le froid. Les hommes battaient les autres hommes, sans chercher à s'améliorer, ni à réformer le monde. Ils ne méritaient pas un univers autre que celui, terrible, où les avait précipités leur insatisfaction première. Et encore, étaient-ils loin d'imaginer ce qui les attendait après la mort...

Sans doute la fièvre diminua-t-elle car Jérôme perçut la présence de Goosen à ses côtés. Il voulut tourner la tête vers son frère, mais un énorme bandeau lui entourant le crâne bloquait ses mouvements. Goosen s'approcha :

— Le chirurgien t'a percé un tympan, lui dit-il d'un air dégoûté. Ton oreille était pleine d'humeur purulente. C'était immonde. Tu as eu de la chance de t'en sortir...

Comme Merteld entrait avec un bol d'eau fumante qu'elle déposa près de Jérôme, Goosen se tut. Avait-il deviné combien Jérôme et elle étaient devenus proches ? À moins que ce ne fût la ville entière qui jasât à leur propos ? Qu'importe, pensa Jérôme, je suis vivant. Il évita de suivre du regard Merteld qui quittait la pièce. Goosen parla à nouveau. Il raconta combien la maladie de Jérôme leur avait fait peur à tous. Il fallait maintenant qu'il se rétablisse au plus vite car l'atelier avait besoin de lui : depuis la mort de Katje, le père avait complètement cessé de travailler. Et Goosen, le silencieux Goosen dont la timidité jurait avec la forte stature, parla soudain sans plus s'arrêter. Il proposa à Jérôme de s'installer avec lui et son épouse dans leur spacieuse habitation. Ils possédaient même une cour avec un puits et un arbre. Jérôme y serait mieux que chez le père qui était devenu tellement acariâtre.

Dans la tête de Jérôme, les mots prononcés par Goosen se mélangeaient en une cacophonie douloureuse. Il se vit marchant seul au cœur d'un paysage étrange où la végétation cristallisée devenait menaçante. Une feuille aux arêtes aiguës l'accrocha. Il se mit à gémir et ne s'arrêta que lorsque Merteld l'effleura d'une main caressante qui l'arracha à son songe. Les yeux clos, il voulut retenir la douceur de la caresse sans la relier à un visage, ni à une réalité qu'il savait dangereuse, mais la sensation s'évanouit. Lorsqu'il ouvrit les yeux, un chirurgien l'auscultait d'un air grave. Regardant autour de lui, il vit que Goosen était parti et que Merteld, assise dans un coin de la chambre, cousait, les yeux baissés, pleine de réserve et de pudeur.

La fièvre le maintint à nouveau sous sa férule, mais il finit par en avoir le dessus. Ce qu'il ne parvenait plus à chasser, en revanche, car elles s'étaient inscrites dans sa chair comme un appendice de lui-même, c'étaient les promesses de volupté, de frémissements et de douceur qu'il associait à la présence de Merteld. C'étaient des impressions tellement fortes que tout semblait désormais possible. Jérôme lisait clairement dans le regard de la jeune femme que cette évolution dans leur relation n'était pas le produit de sa seule imagination. Merteld, l'épouse de son père, en avait elle aussi conscience. Aussi, dès qu'il fut suffisamment solide sur ses jambes, Jérôme rendit-il visite à un homme saint qui s'était retiré dans une bergerie isolée au fond d'une forêt, à un jour de marche d'un monastère lui aussi à l'écart des routes où Jérôme fit halte pour une nuit.

L'ermite semblait extrêmement âgé et presque aveugle. Tandis que Jérôme, allongé face à lui sur le sol de terre battue, lui faisait son récit en sanglotant, dépassé par sa fatigue et la confusion, l'ermite contemplait de ses yeux éteints le bout de ses doigts crasseux.

— Jeune homme, lui dit-il ensuite d'une voix si ferme qu'elle était surprenante, je n'ai qu'un conseil à te donner. Tu as mis ton âme en danger. Sauve-la. Quitte ta famille sans plus attendre et passe une année à te purifier en vivant exclusivement d'eau de pluie et du pain rassis qu'on te laissera peut-être au bord des routes. Tu as eu des pensées obscènes pour la femme de ton père. C'est un péché qui mérite d'être expié. Mets de la distance avec la tentatrice. Pars. N'attends plus.

Puis, comme épuisé par l'effort d'avoir parlé, l'ermite bâilla, leva son regard vers le ciel, et ne bougea plus du tout.

Quitter sa ville natale ne semblait pas possible à Jérôme. Trop d'attaches l'y retenaient et sa vie en était au point crucial où il lui fallait tisser les brins de laine filés jusqu'à ce jour. Pour mettre entre lui et Merteld cette distance que lui avait conseillée l'ermite, Jérôme prit la décision de ne plus jamais se retrouver sur le chemin de la jeune femme. Fuyant la maison de son père, il s'installa dans l'atelier. Une vague paillasse dans un coin et il se sentit mieux, au milieu des panneaux de bois, des flacons d'huiles et des outils, au cœur du bâtiment où il était né. L'atelier était la coquille naturelle de l'étrange animal qu'il était devenu. S'il avait refusé l'offre de Goosen de loger sous son toit, il prenait néanmoins la plupart de ses repas chez lui. Rosa, la femme de Goosen, était discrète et gentille. Elle avait su dompter les violences de son époux, et leur maison était accueillante. Jérôme se plaisait à prendre leurs enfants sur ses genoux. Il se sentait aussi différent d'eux que s'il était natif d'un pays situé aux antipodes du leur, mais son cœur se réchauffait à leur contact. Certains soirs, il montait chez ses cousins qui vivaient au-dessus de l'atelier. Là aussi, il était frappé par la différence entre ses préoccupations et les leurs, ses attentes et les leurs, ses peurs et les leurs... Leurs vies le fascinaient, pleines comme elles étaient de petits bonheurs et d'occasions ratées, de tromperies et de tristesses dont ils étaient les premiers responsables. Les femmes aimaient parler avec Jérôme. Elles lui racontaient les absences de leurs époux et les douleurs de leurs gésines. Elles étaient jalouses et pleines de méfiance. Jérôme frémissait de leurs récits : les hommes avaient de gros défauts, mais les femmes n'étaient pas tendres. Elles se comportaient entre elles comme de véritables bêtes sauvages.

La nuit, il se mit à travailler. Malgré les interdits. Malgré sa peur. Il dessinait fiévreusement pour remplir l'obscurité de ses angoisses qui le quittaient pour s'étaler sur le papier ou sur la surface lisse d'un panneau de bois. Des monstres naissaient sous sa main, et il tissait avec eux l'histoire des hommes. Lorsqu'il se surprenait à penser à Merteld, il s'infligeait le fouet. La douleur le laissait pantelant sur le sol. Il cessa cette pratique dès qu'il s'aperçut qu'il prenait plaisir à s'endolorir. Il était trop facile de rêver et de se punir ensuite. Il s'obligea alors à de longues lectures pieuses où, agenouillé sur le carrelage froid, à la lumière d'une bougie unique, il muselait son corps et son esprit. Il se réveillait à l'aube sans le souvenir de s'être endormi, le corps glacé, mais l'esprit calme.

11

Tout cela, je l'appris par Jérôme au fil des nuits où il se dévoilait à moi. Il racontait, j'écoutais. Les nuits passaient. Il me transmettait le cheminement de sa vie, il s'en débarrassait. Passant la main sur mon visage, il disait qu'avec ma bouche étroite, mon menton court et surtout mon grand front que prolongeait un nez fin, j'avais quelque chose des femmes antiques, du moins telles qu'il se les imaginait. Je lui faisais penser à ces profils gravés sur les monnaies romaines qu'il avait pu admirer chez son maître à Anvers. Il en vint aux temps de notre rencontre.

Avec le retrait du père, la responsabilité de l'atelier familial était passée entre les mains de l'oncle Jan. Jérôme, bien souvent, rechignait à lui obéir car il avait l'impression que l'oncle lui donnait exprès des travaux qui ne lui convenaient pas. Comme ses propres pensées n'étaient pas des plus pures, Jérôme en venait à soupçonner ceux qui l'entouraient de mauvaises intentions à son égard.

Peut-être exagérait-il l'importance qu'il portait à certains faits, ajoutant de la malignité à ce qu'il observait, et sans doute était-il trop sensible à des détails que d'autres ne prenaient pas en compte, regards, inflexions de voix, petits mensonges vite dévoilés qu'il amplifiait comme s'ils étaient de grands malheurs, les tournant et retournant dans sa tête en leur cherchant une signification. Pourtant, il avait appris en lisant une lettre qu'une main négligente avait laissé traîner que le bourgmestre de la ville avait passé commande d'un tableau où il spécifiait que les dessins préparatoires des personnages des premiers et seconds plans devaient être de la main du second fils de maître Anthonys, le prénommé Jérôme. Or l'oncle Jan n'avait pas évoqué ce travail. Il lui avait seulement confié la préparation des couleurs.

Avec Katje, Jérôme en aurait parlé pour avoir son avis. Avec Goosen, il ne le pouvait pas. Goosen était enclin à réagir avec violence et il n'aurait pas hésité, s'il avait appris leur attitude inique, à se battre avec l'oncle ou avec leurs cousins. Jérôme ravala sa rancœur.

Jérôme avait hâte de devenir son propre maître, mais il ne pouvait se réclamer du titre d'artisan peintre tant qu'aucune commande ne lui était adressée à titre personnel. Alors seulement il pourrait s'inscrire au registre de la guilde des artisans de la ville.

Une première occasion se présenta quand un envoyé d'un monastère des environs lui remit une missive. Cherchant son chemin, le moine lui dit être à la recherche d'un peintre de sujets saints. Une bonne âme lui avait conseillé de s'adresser à un jeune artisan prénommé Jérôme. Quand Jérôme comprit que l'homme était en train de lui commander un tableau, à lui personnellement, plutôt qu'à l'oncle Jan ou à un peintre célèbre, il se retint de gambader, gardant son sérieux pour discuter des modalités de son travail.

Le monastère dont l'homme était le porte-parole souhaitait que le tableau ornât le nouveau réfectoire qui serait inauguré à la fin du carême. Les discussions avaient été vives entre les moines avant que la décision soit prise d'investir dans l'achat d'une peinture plutôt que dans une tapisserie. La tapisserie aurait eu l'avantage de mieux conserver la chaleur dans le réfectoire, mais comme certains tenants de l'austérité trouvaient ce choix trop confortable, ce fut une décision d'économie qui l'emporta : l'achat d'un bois peint reviendrait moins cher en cette année où le prix de la laine avait augmenté. Quant au sujet, ce devait être un épisode de la vie du Christ. Le supérieur avait pensé à une Cène, d'autres parlaient de Noces de Cana. Finalement, on avait décidé de laisser le peintre choisir lui-même. Ce qui importait, c'était que le tableau fût terminé pour l'inauguration du réfectoire, quelques semaines plus tard à peine.

Vu le peu de temps accordé pour honorer la commande, Jérôme discuta âprement le prix. C'était pour lui une question importante que d'échanger son travail pour une valeur qui le justifiait. L'envoyé du monastère lui objecta que le maçon, qui devait lui aussi travailler rapidement, ne recevrait pas autant, mais Jérôme tint bon, une Cène ou des Noces, cela faisait une dizaine de personnages, et à tant par figure... L'homme céda à ses exigences.

Dès le lendemain, Jérôme fut convoqué par l'oncle Jan : tout l'atelier était au courant de la commande du monastère et des agissements de Jérôme pour s'en emparer. Jérôme leur avait joué un mauvais tour, il avait fait bande à part, il s'était moqué d'eux. Jérôme expliqua à son oncle qu'il ne s'agissait pas d'une commande d'atelier et qu'il avait été seul contacté par le monastère, mais il discuta en vain. La famille menaçait de porter plainte auprès de la guilde, et Jérôme fut forcé d'accepter de partager le travail et de limiter son apport aux dessins préparatoires. Les autres s'occuperaient de l'exécution des peintures. C'était l'unique solution.

Lorsque mon père, Goyart van Meervenne, le fit mander auprès de lui, Jérôme prépara sa visite avec la plus grande discrétion. Il s'était juré que l'humiliation de la commande du monastère ne se répéterait pas. Vêtu de frais et pomponné par l'épouse de son frère, il arriva chez nous en milieu de journée après s'être fait déposer non loin par un paysan en charrette. Dès l'abord, il fut impressionné par la demeure que Goyart avait fait construire à la mode italienne et qui était unique en son genre dans notre région. Abasourdi, il admirait les frises portant des végétaux et des personnages antiques inscrits dans des médaillons lorsque mon père se précipita sur lui avec des cris de joie et l'embrassa comme si Jérôme était un habitué de la maison.

Fidèle à sa réputation de bon vivant, Goyart van Meervenne n'avait rien de commun avec ces patriciens que Jérôme avait aperçus à Anvers, dignitaires de la cour ou de l'Église, qui ne vous regardaient ou ne vous parlaient que lorsqu'ils y étaient absolument obligés. Goyart avait la grandeur simple. D'ailleurs, ne voulant pas parler affaires immédiatement, il entraîna Jérôme dans le verger où il le poussa sur un banc qu'on avait installé devant une table. Il lui fit donner à manger et à boire et l'assaillit de questions. Auprès de qui avait-il appris son métier ? Pourquoi avait-il quitté Anvers ? Aimait-il les poires au vin ? Quel était son avis sur les somptueuses fêtes qui avaient célébré le baptême du second enfant de la princesse héritière ? Connaissait-il la terre d'Italie ?

La bonhomie bruyante de Goyart laissait Jérôme

muet, et il n'osait pas refuser lorsque le seigneur exubérant remplissait son assiette et sa coupe. Goyart lui présenta son fils, un homme fort et carré comme lui, mais d'un caractère sombre, puis j'apparus à mon tour, la fille, accompagnée de ma cousine.

— Je vous reconnais, lui dit Maria Mies, vous êtes le vilain de l'église qui avez refusé de nous aider à décorer les autels...

Goyart hurla de rire :

— De quoi s'agit-il ? Racontez ! Racontez !

Je haussai les épaules, mais mon père somma Maria de lui narrer l'épisode, ce qu'elle fit en souriant.

— Cela s'est passé au mois d'août. Nous avions été chargées par notre confrérie de préparer les fêtes mariales en décorant les autels des églises de la ville. Les bras chargés de fleurs, nous étions entrées dans la cathédrale quand notre attention fut attirée par le jeune homme ici présent et par un sien cousin occupés à remettre en place les volets d'un retable ancien. Ils faisaient force bruit en tapant et avaient étalé sans gêne leurs outils dans toute la chapelle de Notre-Dame. Ils proféraient des jurons épouvantables en travaillant. C'était assez amusant. L'une d'entre nous, Celesta Van Meel, une fille qui n'a jamais sa langue dans sa poche, a pris la parole pour poser des questions. Le cousin, fier comme un coq, a sauté sur l'occasion pour se présenter et expliquer sa haute mission en ce lieu. Nous écoutions sagement lorsque Celesta leur a demandé s'ils ne pouvaient pas, puisqu'ils étaient hommes d'art, nous aider à décorer la chapelle avec les fleurs que nous avions apportées. Jasper accepta, l'air ravi, mais le jeune homme ici présent se détourna en marmonnant qu'il ne pouvait pas, qu'il devait terminer son travail qui était bien plus sérieux que le nôtre...

— Ah, ah ! hurla Goyart, vous avez résisté à une bande de vierges telles que celles-ci ? Mais elles vont vous en tenir rancune jusqu'à la fin des temps !

Tandis que ma cousine riait, je vis le visage de Jérôme soudain envahi par une grande confusion et j'eus pitié de lui :

— Ne vous en faites pas, monsieur, lui dis-je, je ne suis pas rancunière...

Sur quoi, mon père s'exclama :

— Au contraire, lui avoir tenu tête pourrait lui donner l'idée de vous épouser !

Ce mot me mit dans une telle colère que je m'éloignai en entraînant ma cousine tandis que mon père continuait sur sa lancée :

— Vingt ans que j'essaie de la marier ! Une demoiselle n'est pas faite pour rester chez son vieux père, mais pour profiter du monde et donner des descendants à ses ancêtres ! Celle-là ne veut pas seulement en entendre parler...

Puis ils évoquèrent le travail pour lequel Goyart avait fait venir Jérôme :

— Quelque chose de joli, de décoratif, vous voyez ? Un travail léger, spirituel, pas trop religieux, surtout pas trop « plein de grâce »... J'en ai assez de la grâce... Ce que j'aimerais, c'est que le tableau puisse être sous les yeux de mes convives pendant les banquets sans leur couper l'appétit. Il faut un bon sujet chrétien certes, mais pas trop horrible. L'idéal serait un thème qui rappelle à chacun sa place sur terre. Je ne tiens pas non plus à me fâcher avec ces messieurs de l'Église.

Le projet séduisit Jérôme, et pas seulement parce que van Meervenne était le premier commanditaire disposé à lui faire confiance. C'était un projet qui semblait créé pour lui. Il accepta sans hésiter.

Les semaines qui suivirent furent cocasses. Jamais Jérôme ne mangea, ni ne s'amusa ainsi. Notre maison vivait dans un faste et un confort auxquels il était aisé de prendre goût. Jérôme logeait dans une chambre située au premier étage du bâtiment, et sa fenêtre donnait sur les champs alentour, au levant. Chaque matin, il pouvait admirer le paysage d'où la nuit se retirait. Les rayons dardaient de reflets de nacre les brumes blanches qui s'élevaient en s'évaporant. Jérôme était sensible à la beauté immédiate de ce lieu qu'avait choisi mon père pour y vivre. Descendant dans la grande cuisine d'où montaient des odeurs délicieuses, Jérôme partageait un repas avec le fils de la maison, un être fruste qui évoquait pour lui l'image de certain démon insigne. Lorsqu'il retournait dans sa chambre, un baquet d'eau fumante l'attendait dont il sortait tiède et alangui.

Au début, il ne savait pas au juste comment il allait exécuter la commande, mais au fur et à mesure qu'il effectuait des croquis, les idées lui venaient. Abondantes, elles ruisselaient sur le papier comme une pluie printanière, et pour chaque germe, chaque pousse, il trouva une forme particulière. Cette fécondité dans le travail lui apportait un bonheur intense, et Jérôme éprouvait une vive reconnaissance envers mon père qui lui avait permis de connaître cela.

Goyart avait cédé à toutes les exigences de Jérôme : couleurs et huiles de qualité, brosses et pinceaux coûteux. Il avait donné des ordres pour que sa tranquillité soit respectée et, de ce fait, personne n'entrait jamais dans la salle où il travaillait. Le soir, affamé et hagard, Jérôme se joignait à nous et il finit par s'habituer à cette table où l'on discutait sans cesse des inventions récentes, ouvrages scientifiques et recueils de chansons rimées.

Jusqu'à ce jour, Jérôme ne portait pas d'estime particulière aux femmes. Elles lui semblaient futiles et dangereuses et il les savait plus têtues que l'homme et plus patientes dans leurs entêtements ;

il les devinait dures pour elles-mêmes comme pour les autres, terres envoûtantes et maternelles, prêtes à perpétuer la vie envers et contre tout. Il admirait leur force, mais ressentait leurs attentes comme une menace, et même s'il avait vécu des moments de félicité auprès de certaines, il avait toujours éprouvé du soulagement lorsque ces moments s'achevaient, comme s'il avait échappé à quelque maléfique emprise.

Je le surpris. J'étais cultivée, et même plus que cela. Parfois, je ne descendais pas dîner, je restais dans mon officine, plongée dans quelque étude. D'autres fois, au cours des repas, je m'immisçais dans les conversations que Jérôme tenait avec mon père et ses hôtes de passage. Je parlais fort bien le latin et le grec, ce qui intriguait Jérôme qui ne pensait pas que ces langues fussent destinées aux femmes.

Depuis ma sortie du couvent, j'échangeais une correspondance avec mes anciennes compagnes éparpillées de par le monde et j'appartenais à une confrérie fort active dans la ville natale de Jérôme. Il découvrit en moi cette même incertitude entre attirance pour le monde (et par monde il entendait le bouillonnement des échanges humains qui font l'Histoire) et goût profond pour la solitude et l'ascétisme. Moi qui avais vu l'océan et assisté au départ de flottilles vers des terres lointaines, je rêvais de visiter l'Italie, à mes yeux terre antique par excellence, mais aussi lieu d'un renouveau de la pensée vers lequel j'étais attirée :

— N'êtes-vous donc pas tenté, demandai-je à Jérôme, d'aller respirer l'air des cours italiennes ? Il s'y fait, s'y dit et s'y peint des choses inimaginables. N'êtes-vous pas tenté par l'inimaginable ?

Pour toute réponse, Jérôme grommela que non : l'inimaginable faisait partie de son quotidien, ce qui était en soi suffisamment pénible à supporter.

Comme le panneau commandé par mon père était presque achevé, Jérôme commença à redouter ce que j'allais en dire. J'étais peu à peu devenue à ses yeux l'incarnation d'un monde auquel il désirait plaire, et il me savait exigeante. Il s'était amusé à donner à certains des personnages peints les traits de personnes de l'entourage de mon père, et celui-ci, qui venait régulièrement vérifier l'avancement du travail, les reconnut un soir et rugit de plaisir. N'y tenant plus, Jérôme lui proposa de m'inviter à découvrir son travail. Le choc que je ressentis lors de cette première rencontre avec l'univers de Jérôme marqua, ainsi que je l'ai écrit précédemment, la fin de la première époque de ma vie.

Puis le panneau fut terminé, et mon père précipita notre maison dans les préparatifs de la fête qui devait avoir lieu pour l'inauguration de la nouvelle salle de banquet. Pendant plusieurs semaines, une folle énergie se déploya des jardins aux cuisines. Tandis que les yeux brillaient d'impatience, chacun devenait fébrile car l'événement s'annonçait grandiose. Prétextant d'autres devoirs, Jérôme tenta d'y échapper, mais mon père ne s'en laissait pas conter : participer à la fête faisait partie de son contrat. Goyart voulait exhiber son peintre comme certains exhibent des spécimens d'animaux exotiques dans des ménageries installées dans leurs écuries.

Les festivités commencèrent dans la chapelle située dans les jardins par une messe aussi exultante que celui qui l'avait commandée. Les murs étaient si complètement décorés de fleurs et de feuillages tressés qu'on se serait cru dans un bosquet. De faux oiseaux couverts de vraies plumes ornaient le maître-autel. Les invités étaient nobles, et certains venaient de loin. Les femmes portaient des robes somptueuses et rivalisaient de fantaisie quant à leurs coiffures. Parés de brocarts et arborant d'inoffensives armes faites de métaux précieux, les hommes n'étaient pas en reste pour la magnificence de leur allure.

Dans le secret de son cœur, Jérôme avait critiqué la démesure des moyens mis en œuvre pendant les préparatifs. L'énergie des hommes et la profusion des biens lui semblaient la conséquence d'aspirations présomptueuses et arrogantes. Plongé dans la splendeur de leur aboutissement, il ne pouvait s'empêcher d'être ébloui par la beauté du faste. Son cœur, oubliant la crainte, se gonflait d'une émotion douce et tiède dont il était le docile réceptacle. La voix d'une chanteuse s'éleva sous la voûte. Elle traduisait si parfaitement la ferveur qui régnait à cet instant qu'un spasme exalté souleva la foule, s'échappant comme un liquide trop chauffé entre les vapeurs d'encens. C'en était trop pour Jérôme que l'attendrissement guettait. Il s'évanouit, et des serviteurs le portèrent dans la maison.

Au sortir de la cérémonie, ceux qui y avaient assisté se mêlèrent à ceux qui s'étaient massés devant la chapelle pour suivre la liturgie entre les portes ouvertes. Il y avait là des gens de la noblesse, mais aussi des bourgeois et des clercs des environs. On reconnaissait dans cette assemblée hétéroclite la démonstration de l'ouverture d'esprit de Goyart van Meervenne. Celui-ci, au comble de l'exaltation, incita chacun à tous les excès. Donnant l'exemple, il attaqua le premier tonneau. Le vin coula, et son odeur, énervant les invités à la manière du sang qui excite les loups, les lança à l'assaut des tables qui croulaient sous les mets.

Jérôme revint dans la chapelle. Il voulait être seul avant de plonger au cœur des vanités. Fixant la Madone aux yeux doux qui trônait au-dessus de l'autel, œuvre d'un prédécesseur, il se prosterna. Les yeux clos, les mains serrées l'une contre l'autre, son cœur s'éleva, se vidant de toutes les impuretés accumulées jusqu'à ce jour.

De retour dans sa ville natale, Jérôme repensait à son séjour chez nous comme à une époque bénie dont ne lui restait que le souvenir. Pourtant, celui-ci était assez puissant pour rendre désormais insignifiante la présence de Merteld et même pour subir avec indifférence les vexations inhérentes à la modeste place qu'il avait retrouvée à l'atelier familial.

En lui-même, il évoquait la couleur de mes yeux, cherchant à se rappeler s'il leur arrivait de devenir durs comme ceux de sa mère, ou si leur particularité était justement d'être sévères sans jamais se départir de leur douceur. Pourtant, si quelqu'un lui demandait à quand étaient fixées ses noces avec la pucelle van Meervenne, il se fâchait et niait avec vigueur. Qui avait bien pu faire courir un bruit aussi ridicule ? De quoi se mêlaient-ils tous ?

Quand mon père envoya son intendant à Jérôme et que l'homme lui fixa très cérémonieusement un rendez-vous dans le bâtiment occupé par la confrérie de Notre-Dame, Jérôme passa plusieurs jours à se tourmenter.

Le matin donné, il trouva Goyart entouré des membres de sa confrérie, tous en tenue d'apparat. Ils avaient un maintien grave, mais certains regards brillaient de malice, et Jérôme se sentit rassuré. Calmement, presque froidement, il regarda Goyart lisser ses manches de fourrure précieuse, s'asseoir puis se relever, marcher de long en large, puis enfin lui proposer la main de sa fille, d'un air solennel et ému qui se transforma en larmes. Devant cet afflux d'émotions, Jérôme ne put se contenir. Il éclata en sanglots, et les deux hommes tombèrent dans les bras l'un de l'autre.

Sur le chemin du retour, Jérôme, pris de vertige, s'assit sur une pierre devant l'hôtel de ville. S'il n'avait écouté que le sang qui coulait dans ses veines comme un ru tumultueux, il se serait précipité auprès de moi. Pour faire quoi ? Pour dire quoi ? Il ne le savait pas. Il me connaissait si peu. Il ne me connaissait d'ailleurs pas du tout. Autant dire qu'il lui fallait retrouver ses esprits

12

Nous décidâmes de nous établir à Bois-le-Duc, la ville natale de Jérôme, dans une vaste maison que nous rachetâmes à des cousins de mon père. Elle contiendrait à la fois notre logis et l'atelier de Jérôme. C'était l'année 1480.

Dans l'atelier de son grand-père, la vie quotidienne était liée aux questions matérielles : il fallait travailler pour survivre et lutter contre une concurrence féroce. Parce qu'il était devenu mon époux, Jérôme rompait avec le travail familial pour devenir son propre maître. Il pouvait désormais accepter ou refuser des commandes, travailler au rythme de son choix et rechercher sans souci de plaire l'adéquation la plus juste des formes aux sujets. Cette liberté inconnue le bouleversait. Ne sachant ce qu'il en ferait, il désirait l'éprouver au plus vite.

Le premier jour où il poussa la porte de l'atelier, Jérôme ressentit une émotion particulière. Jamais il n'avait eu tant d'espace pour travailler. Du côté du mur, le toit en pente abritait une hauteur de plafond vertigineuse. Du côté des fenêtres qui donnaient sur un verger situé au nord, un homme de grande taille pouvait tenir debout. Jérôme pensa à Goosen toujours légèrement voûté sur son chevalet. Cette pièce-ci contiendrait sa hauteur.

Jérôme s'assit par terre. Penser à l'atelier familial l'attristait, bien qu'il y ait été malheureux les derniers temps, mais ce n'était pas aux événements récents qu'il pensait, c'était au temps de l'enfance, lorsqu'en famille ils s'y rendaient les jours de fête, la mère marchant en tête comme un chef de guerre, sa cornette au vent, étendard de sa volonté.

Ses pensées dérapèrent dans l'exagération pathétique sans qu'il parvînt à les retenir. Dans cette pièce vide et vierge de tout souvenir, il allait s'enfermer avec ses rêves et ses visions. Le voyage en terre lointaine dont il rêvait enfant, il le ferait dans ce lieu que nulle silhouette familière n'avait jamais foulé. Fermant les yeux, Jérôme respira l'odeur des cires, des huiles et des vernis et il entendit éclater les rires des apprentis qu'un rien détourne de leur travail. L'appentis vide contenait sa vie future, et sans doute même sa mort.

Jérôme vit des hommes et des femmes sortir des murs les uns derrière les autres. Ils formaient une longue file qui s'enroula autour de lui comme un serpent autour d'un arbre. Ombres pullulantes de ceux qui buvaient, qui festoyaient, de ceux qui battaient leur femme ou forçaient les servantes, de ceux qui n'étaient que des ventres aux bas appétits et dont la tête était une panse, et la panse, le siège de la pensée. Il y avait ceux qui vivaient dans l'erreur, la tête en bas, la vue faussée, ceux qui voyaient les choses à l'envers de ce qu'elles devraient être, le mal pour le bien, le juste pour le faux. Le monde était un grand carnaval où tout était leurre et illusion, où l'on était trompé par les apparences, les déguisements, les masques...

Aussitôt installé, Jérôme se fit inscrire sur le registre de la guilde, et des commandes lui parvinrent. Il y avait en ville autant de peintres que de tailleurs, mais Jérôme était précédé d'une réputation flatteuse qui dépassait celle de ses confrères. Qu'il appartienne à une famille renommée d'artisans rassurait l'esprit corporatif, qu'il soit allé à Anvers et en soit revenu flattait l'amour-propre local ; ses épousailles avec une demoiselle de la haute société faisaient jaser, ce que chacun aime faire. Il n'en fallait pas plus pour que les dignitaires religieux de la ville, mais aussi maints laïcs de quelque importance et fortune, et bientôt d'autres aussi, établis dans des villes plus ou moins voisines des Flandres, du Brabant et même de Hollande, s'intéressent à son travail ou cherchent à accroître leur renommée en s'y intéressant.

Pour moi, cette maison en ville rendait plus simples mes activités pour la confrérie de Notre-

Dame, mais mon travail en pharmacie en était compliqué. Dès les premiers temps, je fis transporter mes livres, bocaux et accessoires dans mon nouveau logis. J'avais toujours été une personne active et n'allais pas cesser de l'être parce que j'étais devenue une épouse. J'invitai Maria Mies, ma sœur de lait, à nous rejoindre.

Maria avait longtemps espéré prendre pour époux Anselme, le fringant intendant de mon père, mais l'homme l'avait trahie en faisant venir de la ville de Mons une beauté de vingt ans, et Maria, qui en avait passé trente, avait ravalé ses rêves et son amertume. Elle me suivit donc volontiers loin des terres de mon père pour prendre en charge les questions courantes de notre maison, la cuisine, le linge, l'achat des denrées alimentaires, du bois, l'accueil de nos visiteurs. Aujourd'hui encore, elle continue à assumer cette charge malgré son âge avancé et bien qu'elle se soit installée dans la maison mitoyenne de la nôtre à l'époque où elle a épousé un veuf de nos voisins, un aimable artisan luthier dont elle a élevé les enfants.

Jérôme, quant à lui, s'acquittait avec plaisir des questions de comptabilité, rentrées d'argent et dépenses, dont la mention seule m'a toujours tenue en si grand ennui. Autrefois déjà, chez son maître à Anvers, il avait tenu les livres. La manipulation des chiffres le ravissait et comme il n'apportait aucune passion aux questions matérielles, contrairement à ceux à qui il avait affaire, clercs de couvent, propriétaires terriens et marchands, son détachement les impressionnait en notre faveur.

Lorsque pour son atelier Jérôme chercha des apprentis, il demanda conseil à son ancien maître à Anvers. Celui-ci lui envoya une lettre affectueuse dans laquelle il lui indiquait les noms de personnes à qui Jérôme pouvait s'adresser. Des deux premiers apprentis de Jérôme, l'un, Ton, était le frère cadet d'un ancien compagnon d'Anvers, l'autre, Caspar, venait d'une célèbre famille de graveurs de Rhénanie. Il prit grand plaisir à leur apprendre à broyer les couleurs, à poncer les bois et à préparer les fonds sur lesquels il reportait ses dessins. En les regardant travailler, il reconnaissait en eux des attitudes de très jeunes hommes et cela le touchait au cœur, lui apportant l'écho diffus du tumulte de cet âge ardent mais difficile.

Au début, on ne lui commandait que des représentations de la vie du Christ, comme si l'habileté dont il avait fait montre en traitant certains de ces épisodes le rendait incapable de traiter d'autres sujets. Cette uniformité des commandes le contrariait et il ne craignait pas de dire le mépris où il tenait ces acheteurs frileux qui ne désiraient jamais que la reproduction d'un même succès. Dans ses Épiphanies, ses Montées au Calvaire et ses Crucifixions, il n'hésitait pas à tenter une nouvelle composition, à ajouter des détails différents. Parfois, il proposait à un client qu'il savait plus audacieux un sujet qu'il tirait de la sagesse populaire.

Je pressentais que la médiocrité de certains esprits provoquerait des attaques contre mon époux et qu'il en souffrirait. Une fois déjà, Goosen avait rapporté des ragots qu'il avait entendus dans la bouche de compatriotes qui reprochaient à Jérôme d'utiliser des couleurs criardes qui leur paraissaient offensantes à l'égard d'un Dieu de douceur et de charité.

La spécificité de la critique avait tellement surpris Jérôme que, remontant jusqu'à la source de ces médisances, un cercle de rhétorique où certains aiguisaient leurs esprits tortueux, il s'y était rendu en personne, lui généralement si réservé, pour expliquer aux amateurs du bien parlé sa recherche des couleurs franches qu'il rencontrait dans la Création, celle-ci restant pour lui la référence unique d'un Beau qui dépassait l'entendement humain. Mais une réaction était rare de la part de Jérôme. La plupart du temps, il laissait dire, indifférent à la rumeur.

Il reçut une missive d'un petit notable de Liège. Comment celui-ci avait entendu parler de lui, Jérôme l'ignorait, d'autant plus que la ville de Liège ne manquait pas d'artistes de renom et de talent. Dans la lettre, rédigée d'une écriture serrée, le Liégeois expliquait avec minutie ce qu'il attendait de Jérôme : un tableau de petit format, un sujet quotidien qui serait à la fois drôle et critique et dont le thème serait la crédulité humaine comme mauvaise raison de disculper l'humanité. Il désirait voir ce thème assez large illustré par une véritable narration picturale sans que pour autant le tableau soit trop chargé de détails et de plans différents. L'homme avait joint à sa lettre le petit portrait au crayon d'une jeune femme aux traits languides que le peintre devait intégrer au sujet mais « sans méchanceté ».

La commande était curieuse, à la fois précise et vague. En tournant et retournant le portrait entre ses mains, Jérôme se demandait qui était cette femme dont il lui fallait reproduire les traits dans son tableau. L'épouse du Liégeois ? Sa fille ? Une inconnue dont l'homme rêvait en secret ? Jérôme n'aurait jamais de réponse à ses questions.

Sur le sujet de la crédulité humaine, il avait déjà exécuté de nombreux croquis et il avait en tête une anecdote à laquelle il n'avait pas encore eu l'occasion de donner de traitement pictural et qui pouvait correspondre à la commande. Il envoya à Liège une lettre où il exposa son idée. Comme, pour toute réponse, il reçut une avance en argent, il se lança aussitôt dans les dessins préparatoires : il s'agissait de représenter un de ces comédiens ambulants qui font des tours de prestidigitation que les esprits crédules prennent pour de véritables miracles. Jérôme avait observé ce genre de charlatan à l'occasion de foires, et l'excellence de leurs numéros de passe-passe l'avait plus d'une fois surpris. De la fascination que ces hommes faisaient naître chez leur public toujours avide de croire et d'être induit en tromperie, il avait souvent pensé qu'elle n'était pas très différente de celle qu'exerçaient certains hommes, chefs politiques ou religieux, hommes de science ou de pouvoir, sur de plus obscurs en quête de certitude, de croyance ou d'idole...

J'étais depuis ma sortie du couvent membre de la confrérie de Notre-Dame, institution prestigieuse locale regroupant des laïques de haut rang qui avaient décidé de s'engager dans la vie sociale par des actes de charité et une conduite tendant vers la pureté morale. Mon père m'y avait introduite et j'y avais une place particulièrement enviable grâce à mes connaissances médicales.

Parce qu'il restait à l'écart de tout ce qui pouvait de loin ou de près ressembler à un groupe, Jérôme ne faisait rien pour devenir membre les premiers temps où je l'entraînai aux réunions. Il avait honte, lui, fils d'artisans, de se retrouver aux côtés de riches marchands, d'hommes lettrés et de notables. Il avait l'impression de détonner comme un carmin vif au sein de tons mordorés. Petit à petit, pourtant, la confrérie devint le lieu où il put exercer des activités qui l'impliquaient dans la société et non plus seulement dans le monde imaginaire auquel il était confronté dans la solitude de l'atelier. Insensiblement, la considération qu'on lui accordait parce qu'il m'avait épousée, il l'obtenait par ses seules qualités, sa notoriété de peintre et son intégrité profonde.

En sus des travaux charitables dont elle est à l'origine — distribution de repas, soins aux plus démunis —, la confrérie de Notre-Dame participe aussi à tout ce qui touche à la construction d'édifices religieux, écoles ou hospices de la ville. Elle gère certains litiges ou crises entre les habitants, ou entre ceux-ci et des personnes extérieures. Elle organise des processions, des concerts et des représentations de Mystères à l'occasion de certaines fêtes, contribuant ainsi à la mise en œuvre d'événements qui expriment les idéaux moraux qu'elle propage.

Au départ hostile, Jérôme devint l'un des zélateurs les plus enthousiastes de ces spectacles publics. Il aimait discuter avec ceux qui écrivaient les textes des Mystères car il partageait avec eux le même souci de raconter, de disposer de personnages et de peser le comique et le tragique dans un dessein moral. Ce qui lui tenait le plus à cœur, je crois, c'était l'agitation qui entourait les représentations, cette joie mêlée de peur, ce remue-ménage fébrile — comme si soudain il fallait se hâter pour éviter le naufrage — qui cessait dès que le rideau se levait : le costumier qui raccommodait les derniers accrocs disparaissait, les bateleurs qui couraient en tous sens à la recherche de leurs accessoires prenaient leurs positions, les comédiens qui ressassaient leur texte à qui voulait bien les entendre se transfiguraient, et dans le public, les regards se mettaient à briller, les joues rougissaient et des intérêts ludiques primaient sur les intérêts mesquins qui avaient prévalu jusque-là, comme si un monde nouveau se substituait à l'ancien.

13

Travailler. Chaque jour se confronter à soi-même. À ce que l'on a fait la veille. Ou à ce que l'on n'a pas fait. De l'enthousiasme et de la fierté parfois : « Ce n'est pas si mal... » De la déception et de la morosité le plus souvent, et le désespoir qui va avec. Alors, travailler, encore, plus longtemps, plus dur, sur d'autres pistes.

Jérôme se mettait à la fenêtre pour surveiller la position du soleil. Il résistait à son envie d'enfiler un manteau et de marcher dans la ville. Regarder les boutiques et les boutiquiers, l'envol des oiseaux et le trajet des charrettes. Rêver à l'ombre des grands arbres le long d'un canal tranquille... Il ne sortait pas et demeurait face au vide qui se remplissait peu à peu. Qui de surface devenait profondeur où il s'engloutissait. Il se réjouissait que les heures fussent si longues. Il souhaitait qu'elles ne passent pas. Ni les jours. Ni les mois. Rester éternellement dans le travail se faisant, dans la course du soleil suspendue.

Parfois, il ne parvenait pas à travailler. Il se disait que peut-être il avait déjà donné tout ce que son être contenait d'un peu particulier. Il n'avait plus qu'à renoncer. Il avait conscience pourtant qu'il ne saurait jamais se satisfaire de ce qui avait déjà été accompli et qu'il lui fallait continuer. Jérôme ignorait ce qu'il poursuivait, mais il y allait comme on va à la guerre, avec l'idée qu'un jour il n'en reviendrait pas.

Il voulait être unique et magnifique, provoquer les louanges, laisser dans le temps cette empreinte particulière et incomparable que je lui prêtais. Si certains jours s'achevaient sans qu'il ait rien fait de satisfaisant, il se couchait déçu et triste. Le lendemain, merveilleuse et inopinée, une sève neuve surgissait en lui. Les idées se pressaient à la surface de sa conscience, chassant l'abîme. Il travaillait dans l'urgence. Une main qui n'était pas humaine avait déclenché en lui le flux de la création. Il Lui rendait grâce.

Dans l'alternance fuyante des jours et des nuits, Jérôme œuvrait, sueur délicieuse de l'effort mené à bien. Il s'accrochait aux murs qu'il croyait stables, profondément plantés dans le sol. Il y laissait un peu de sang et de peau écorchée. Dans les moments proches du néant, les rêves s'insinuaient, violents et amers. Les prières montaient vers Dieu et des visions le visitaient.

Une œuvre. Un don de soi. Mais à qui ? À Dieu ? Qu'avait-Il à faire d'un rectangle de bois peint, Lui qui avait créé le monde en six jours ? Aux hommes ? Ils n'hésitaient pas à critiquer, à briser en quelques secondes, et quelques mots, le travail de plusieurs mois.

Le travail marquait le temps. Il le remplissait, l'attestait. Il était le signe que l'on adressait aux autres, mais aussi, et peut-être principalement, à soi-même. La preuve que l'on existait.

Jérôme s'enfermait dans son atelier et l'univers se réduisait à ce lieu. Les sujets qu'il peignait prenaient une réalité que ne possédait plus le monde tant il trouvait dans le geste de peindre l'essentiel. Il était dur avec lui-même. Il n'était jamais sûr. Il savait que ce qu'il faisait était bien. Confusément, mais il ne savait où. Les couleurs, son contact le plus direct avec la Création, lui permettaient de vivre les lumières plus longtemps qu'aucune lumière ne durait, de pénétrer en elles, d'être lumière. Il devenait aube et crépuscule, mais aussi mousse, roche et peau. Les sujets, c'était cela aussi, posséder et être possédé, un paysage, un visage, un fruit. Il appréhendait la sainteté et le mal, la béatitude et l'enfer. Mais à quel prix ? Le prix de l'acharnement, de l'insatisfaction, de la colère, de la lutte contre la facilité, la paresse, le laisser-aller à vivre.

Les heures les plus fécondes étaient les dernières du jour, lorsque les apprentis étaient partis. Alors, face au miroir de l'âme humaine dont il s'efforçait de fixer les peu glorieux contours, il arrachait de l'obscurité les parcelles d'un monde fantastique, et le temps passait comme un rêve, traversant sa conscience d'images imprécises et troubles. Monstre aux pattes de grenouille cuisinant à la poêle des morceaux de membres humains, démon à la peau bleue pustuleuse tournant la broche où grille un homme, chat ailé aux griffes d'oiseaux acérées, femme à la tête d'oie, cygne navire flottant dans les airs, rat ricanant vêtu comme un bourgeois...

Son imagination débridée révélait désormais sa puissance. Délaissant les tableaux de petites dimensions qui narraient des fables morales ou des épisodes de l'Évangile, Jérôme peignait sur des formats plus grands, souvent des polyptyques, où il laissait libre cours à une créativité qui l'épuisait, mais dont les résultats étaient d'une richesse telle que leur renommée tendait à dépasser le périmètre de la région.

Un matin, alors que personne encore, excepté Jérôme, n'était éveillé dans la maison, on frappa à la porte d'entrée. Comme les coups redoublaient, Jérôme se hâta d'aller ouvrir, inquiet de cette visite très matinale. Un jour blême perçait et, bien que les bourgeons des arbres eussent déjà éclos, la neige était tombée la nuit durant et le silence était total.

Dans l'encadrement de la porte se détachait une silhouette sinistre. Était-ce à cause du contre-jour ? De la lumière blafarde du matin ? Jérôme eut la pensée qu'il ouvrait au Diable et pendant un bref instant de lucidité douteuse, sa fragilité le terrassa : il n'était pas certain d'avoir la force de lutter contre un tel visiteur. L'homme entra sans y être invité, entraînant avec lui un tourbillon de neige. Il n'avait pas l'air mauvais. Serait-ce là le danger ? Trop livide et trop maigre, le regard éteint, l'inconnu n'exprimait que le désespoir.

Il se laissa tomber sur un siège devant la cheminée où luisaient encore de vagues braises de la veille et s'excusa d'avoir dérangé Jérôme de si bonne heure : il était pressé, il devait repartir sans trop tarder pour Utrecht où il habitait. Surpris de cette entrée péremptoire et quelque peu familière, Jérôme s'approcha tandis qu'un peu de lumière éclairait les yeux de l'autre. Et comme Jérôme le regardait sans comprendre, l'homme se rendit compte qu'il ne le reconnaissait pas. Il se nomma, Marcus. Jérôme se souvint aussitôt.

Marcus, le fils du bourgmestre qui avait dirigé la ville vingt ans auparavant, venait d'une famille de fabricants de couteaux et d'épingles. Il avait été à la même école que Jérôme à l'époque où Goosen la fréquentait. Jérôme se souvenait que Goosen ne l'appréciait pas car Marcus était un bon élève. Par la suite, Marcus avait quitté la ville pour épouser une noble dame d'Utrecht. On avait à l'époque beaucoup parlé du repas qu'avait offert sa famille aux pauvres avant le départ du fils aîné. Il y avait eu des tables dressées dans chaque paroisse, et les places publiques avaient été décorées de fleurs.

Jérôme observait le visage ravagé de Marcus. Il se demandait de quelles épines avait été jonché le chemin de cet homme qui avait fait ses premiers pas sur des pétales de fleurs.

Marcus raconta brièvement ce qui était advenu depuis qu'ils s'étaient perdus de vue. Il ne le cachait plus à personne désormais : la richesse et la luxure l'avaient conduit à défier Dieu. Les formes infinies du Mal dépassaient l'imagination, la diversité des péchés ne cessait d'être surprenante. Sans connaître d'autres contraintes que celles de ses désirs, il avait mené avec son épouse une vie de sybarites et de libertins jusqu'à ce qu'Il leur envoyât la maladie foudroyante qui avait ravagé ses traits et emporté son épouse adorée.

Marcus voulait se vouer au repentir. Bientôt, il s'enfermerait dans le silence et renoncerait à ses biens. Il avait entendu parler de Jérôme. Il savait que son ancien concitoyen était devenu un peintre admiré de tous tant pour son travail que pour la conduite de sa vie. Il s'était décidé à lui rendre visite en souvenir de l'époque où il n'était pas encore un pécheur. Il adjura Jérôme d'exécuter un retable de chapelle devant lequel des hommes et des femmes pieuses pourraient prier pour son salut et celui de sa femme. Marcus était fortuné. Il paierait ce que Jérôme lui demanderait.

Quel sens cela avait-il de se retirer du monde ? La question tourmentait régulièrement Jérôme et revenait dans nos discussions. Je me l'étais posée dès ma jeunesse, et elle restait suspendue au-dessus de moi. Fuir la communauté humaine, s'épargner les douleurs du quotidien, se consacrer à sa propre pureté, était-ce là vraiment une attitude louable ? N'était-ce pas plutôt une forme raffinée de l'orgueil ? L'homme qui se plongeait dans le cœur de la vie et s'en sortait dignement n'était-il pas celui qui méritait d'être sauvé ? Jérôme ne savait comment répondre à ces questions. Tandis que dans sa jeunesse il se promettait de combattre les tentations physiques, la luxure, la paresse ou la gourmandise, celles-ci ne lui apparaissaient désormais plus que comme des prétextes, les arbres qui cachaient la forêt des véritables vices : ceux qui s'emparaient de l'homme dès lors qu'il se consacrait à la poursuite du pouvoir, qu'il fût temporel ou spirituel, mû par la certitude de détenir la vérité, afin de l'imposer comme unique et ainsi d'empêcher les autres d'avoir le choix de leur salut. Ce n'était que lorsqu'un individu cherchait à dominer que son rapport à ce qu'offrait l'univers sensible se détériorait, laissant cours à toutes les gourmandises, toutes les envies, toutes les violences. L'amour devenait prostitution, la paresse rendait les hommes esclaves, et les biens matériels se transformaient en nécessités vitales. Mais comment ne pas tomber dans l'orgueil de changer les autres sans commencer par soi ?

Prononcer un seul mot, c'était affirmer la vérité de ce mot, vouloir persuader, et courir le risque d'être mal interprété. Les mots s'émancipaient, dégénéraient diaboliquement. Ils entraînaient dans le mensonge. Le chaos surgissait de l'acte humain comme s'il en était inséparable. Rivalités au sein des familles, entre des villages voisins ; guerres au nom de la vérité ou pour se venger d'une injure ancienne. Le paysage immaculé de l'aube finissait toujours par se transformer en un crépuscule infernal. Jérôme souffrait du constat qu'il faisait de l'inévitable échec de toute tentative humaine.

Il se lança dans le travail commandé par Marcus avec une ardeur décuplée, laissant de côté pour s'y consacrer toutes ses commandes en cours. Il s'enferma dans son atelier, dévorant avidement ce qu'on déposait devant sa porte, dormant dans un fauteuil. Il avait dans l'idée de réaliser un triptyque qui illustrerait le triomphe du Mal, un sujet qui le passionnait. Sur le premier panneau, il voulait peindre l'irruption du Mal chez les hommes avec la naissance d'Ève et le péché originel. Sur le second, l'on pourrait voir les péchés triomphants dans l'ensemble de la société humaine. Sur le dernier, l'arrivée des pécheurs en Enfer.

Les idées fondaient sur Jérôme, souveraines,

désordonnées. Il tentait de les juguler en les notant, ou en ébauchant fiévreusement des dessins préparatoires. Il était excité comme un enfant, pas seulement parce que Marcus lui avait laissé une liberté totale, mais aussi parce qu'il se sentait proche de cet homme dont les commencements dans la vie avaient été assez semblables aux siens. Ils avaient joué sur les mêmes places et fréquenté la même école. Ils avaient épousé des femmes qui avaient ajouté à leur aisance matérielle et leur avaient donné une situation sociale supérieure à celle de leur naissance. Parfois Jérôme perdait lui aussi pied dans les satisfactions de la vie, oubliant que seul le spirituel permettait à l'homme de se préparer à l'inéluctable fin. Pourtant, contrairement à Marcus, il était incapable de s'enfermer dans un microcosme idéal et de jouer à l'aveugle ou au sourd face aux misères du monde. Il avait une conscience trop aiguë pour se cacher et oublier qu'il n'existait aucun mur assez haut pour le protéger de la maladie, de la famine ou de la folie des hommes s'ils s'en prenaient à lui. Il ne parvenait pas à poser son regard sur la société humaine sans frémir du péril où elle se précipitait. Jamais ne le quittait la nécessité maladive qu'il avait de transmettre ces certitudes. Il pensait que s'il était sauvé, ce serait grâce à son art.

Une nuit, je me réveillai, brutalement extraite de la profondeur d'un songe par une sensation de solitude poignante. Ma main glissa à la rencontre du corps de Jérôme. Elle ne trouva que le vide laissé par son absence, le lin froid des draps. J'écartai les rideaux du lit, posai les pieds sur le sol glacé. Il faisait nuit noire : en se levant, Jérôme avait emporté avec lui la bougie que nous laissions sur la tablette. Je passai des chaussons et sortis de la chambre à tâtons.

La maison était silencieuse. J'attrapai au passage une pointe de laine et m'en couvris. La traversée de l'étage plongé dans les ténèbres me rappela les nuits de mon enfance, lorsque je quittais le cabinet de ma mère après m'être endormie dans un fauteuil et avoir été réveillée par le froid. Les bougies étaient souvent éteintes, mais parfois l'une d'entre elles brillait encore, et je découvrais ma mère allongée sous une fourrure, la tête posée sur un livre, touchante d'une fragilité que jamais grand jour ne vit. Je réajustais la couverture autour d'elle et sortais sur la pointe des pieds, tachant de ne réveiller personne, ni ma mère, ni surtout ma gouvernante.

Le bois des planches, comme autrefois, craquait sous mes pas là où il y avait du jeu. Il fallait avancer sans me laisser égarer dans le labyrinthe des pensées nocturnes où la peur veillait. J'étais, et suis toujours, excellente au jeu d'écarter les frissons. Il me suffit de penser très fort à l'aspect diurne des lieux pour qu'ils retrouvent les caractéristiques familières de l'agitation humaine. Sur ce palier, le jour, s'agitent à quatre pattes les servantes qui cirent les planchers. Dans ce recoin, Maria Mies entrepose les draps et on peut la voir comptant les piles méthodiquement pliées. Ici, une tapisserie murale représente des animaux fantastiques, et les enfants de passage aiment à s'en faire raconter la légende ; là, un banc astucieusement installé dans l'embrasure de la fenêtre permet de contempler au couchant les derniers rayons du soleil...

Au rez-de-chaussée, je vis un rai de lumière sous la porte de l'atelier. J'hésitai à entrer, ne sachant si je serais la bienvenue. Mais Jérôme ne retournait que rarement à son atelier après s'être couché. Il devait se passer quelque chose de particulier pour qu'il l'ait fait.

Je poussai timidement la porte et découvris un spectacle troublant : Jérôme, recroquevillé à même le sol, face à un tableau. Un trognon de chandelle était posé près de lui. Ses pinceaux étaient déjà secs et sa palette n'était plus qu'un amas de petits tas de pigments colorés.

Je me penchai et effleurai les mains de Jérôme qui dormait, rattrapé par le sommeil qui l'avait fui dans le lit. Elles étaient glacées. La pression de mes doigts le réveilla et il se leva brutalement avant de se jeter contre moi. Son cœur battait violemment contre ma poitrine. Nous demeurâmes ainsi assez longtemps, comme un seul corps, unis dans la nuit froide.

Je gardais dans les yeux les reflets des incendies

aperçus sur les panneaux posés face à Jérôme, que j'avais éclairés par mégarde lorsque je m'étais penchée sur lui : un Christ frêle et comme désemparé flottait au-dessus d'une foule d'hommes et de femmes qui se démenaient pour agir le plus vilainement possible autour d'un chariot portant une énorme botte de foin. Le détail des actions des personnages était d'un comique terrible, mais je ne m'y étais pas attardée, car mon regard ayant été attiré par le panneau de droite, un Enfer semblable à une ville dévastée par la guerre, grouillant de démons qui torturaient les quelques hommes ayant résisté à la contagion du Mal représentée sur le panneau central. Les homoncules nus de Jérôme me faisaient pitié, ils étaient si fragiles et si pâles, et la tristesse absolue qui se dégageait des panneaux faisait s'éteindre le sourire né de la vue des formes grotesques des démons. Si la violence moralisatrice du triptyque se confondait avec sa splendeur formelle, son message était d'une noirceur qui ne laissait aucun espoir à ceux qui le comprenaient : la folie humaine était endémique, l'Enfer, sa seule destination. C'était un spectacle dont on ne pouvait sortir indemne, et j'en étais, moi, Aleyt, remuée au plus profond.

14

Simple paraît la vie quand le regard en balaie les apparences. La description du quotidien résiste au constat de sa difficulté. Les jours sont vastes et inégaux dans leur similitude extérieure. Chaque geste semble heureux et manifeste. Pourtant, quel travail sur soi avant que d'atteindre au moindre équilibre !

Chaque matin, Jérôme quittait notre maison où tous somnolaient encore. Il sortait de la ville par la porte de l'octroi, et la campagne le prenait tandis qu'il marchait dans les prés inondés de rosée. Il croisait des paysans qui se rendaient aux champs, des chasseurs qui s'enfonçaient dans les marais. Il surprenait les animaux dans leurs activités paisibles ou combatives, dictées par un rythme naturel, et non par cette concupiscence qui est souvent la motivation des affaires humaines. Il n'allait pas si loin qu'autrefois, il s'installait au bord d'un fossé, faisait quelques croquis, et se remplissait d'air et [illegible]nière.

Au milieu du jour, Jérôme et moi partagions un repas près de la fenêtre qui s'ouvre sur les toits de la ville, dans la salle située au-dessus de la cuisine, reliée à celle-ci par un petit escalier et un monte-charge. C'était notre heure commune, une parenthèse qui m'était chère. Nous parlions de nos rencontres et de nos lectures. Jérôme évoquait son travail en cours qui souvent l'emportait en des contrées telles qu'au cœur de sa propre maison il se sentait pareil à un voyageur de passage. Je percevais cette distance, et l'acceptais comme l'une des contingences de notre vie. Le repas terminé, Jérôme recevait des visiteurs, répondait à son courrier ou se penchait sur un des ouvrages qu'il avait commandés à Anvers ou à Cologne, ainsi la nouvelle édition des *Vitae Patrum*, le *Malleus Maleficarum* ou *Les Visions de Tungdal*, dont le contenu eschatologique le retenait captif durant des semaines entières. Je m'activais dans mon officine ou sortais visiter des malades. Quand le temps et la saison s'y prêtaient, je partais à travers champs pour collecter des herbes dans ma musette. Maria Mies m'accompagnait quand elle en avait le loisir.

Un jour, Jérôme quitta notre maison assez contrarié. Il avait promis d'assister à la réunion préparatoire des travaux de la cathédrale et n'avait aucun désir de s'y rendre. Il faisait partie de ceux qui allaient décider de la compétence de l'architecte désigné pour reprendre les travaux interrompus depuis quelques années, et cela l'avait obligé à remettre son départ annuel pour notre ferme à plus tard. Au lieu donc de quitter la ville pour la campagne en pleine floraison, il se dirigeait vers l'hôtel de ville, d'humeur morose et très en retard, lorsqu'il buta sur un homme qui se tenait au milieu de la rue, le nez levé vers la gouttière d'une habitation, plongé dans une contemplation profonde.

Comme Jérôme marchait rapidement, le regard sur ses chausses, et que l'inconnu se tenait plus immobile qu'un pilier, le choc fut brutal, mais l'inconnu, un petit homme aux cheveux gris et drus, à la figure ronde et joviale, lui présenta mille excuses en riant, et ils se séparèrent sans complications.

Jérôme se sentait même moins morose qu'avant la bousculade. La bonhomie généreuse de l'homme s'était communiquée à lui et, lorsqu'il s'aperçut qu'ils allaient tous deux dans la même direction, ils s'abordèrent à nouveau. L'inconnu se présenta :

— Allaert, architecte, pour vous servir.

Jérôme sourit. Ainsi cet homme était celui dont il devait juger de la compétence à reprendre les travaux de la cathédrale ? Il se présenta à son tour :

— Jérôme, peintre, membre du conseil municipal.

Et tous deux, émus de l'importance de l'autre,

se félicitèrent de ce qu'ils allaient travailler ensemble.

Au cours de la réunion, tandis que le bourgmestre débattait avec le doyen du chapitre de l'utilisation des sommes réunies, Jérôme cessa de prêter attention aux diatribes que s'adressaient ses concitoyens pour observer Allaert. Leurs regards se croisèrent et celui, ironique et amical, d'Allaert lui fit pressentir qu'il faisait l'expérience de l'une de ces rares rencontres où l'immédiateté de l'entente humaine dépassait tout calcul et toute prévision. Lorsque, enfin, les altercations cessèrent, usées par leur propre ineptie, et que ne fusèrent de-ci de-là plus que quelques propos désobligeants entre les autorités civiles et religieuses, Allaert prit la parole pour exposer son projet.

Rarement Jérôme avait vu homme aussi passionné par son métier. Tout en alliant une analyse précise du terrain à des réflexions religieuses et philosophiques, le discours d'Allaert restait intelligible et son auditoire pas toujours averti des questions de construction semblait captif. De fait, la bonhomie de l'architecte était si contagieuse qu'à la sortie de la réunion, faisant ensemble le chemin de retour, Jérôme et Allaert se mirent à rire comme des complices qui n'ont pas besoin d'en dire beaucoup pour savoir qu'ils comprennent la même chose. En le quittant, Allaert invita Jérôme à venir le voir dès que le chantier de la cathédrale aurait démarré. Jérôme promit de passer.

Une année s'écoula pourtant avant que Jérôme ne rende visite à Allaert Dehameel. Il passa l'été et l'automne dans son atelier des champs, puis, l'hiver venu, travailla intensément à plusieurs commandes de la confrérie. Quand il repensa à Allaert et me parla de lui, il lui semblait que c'étaient des années, et non des mois, qui s'étaient écoulées depuis leur rencontre, et cette perception subjective d'un temps extrêmement dense, il la ressentait jusque dans ses os douloureux et ses yeux fatigués. Un jour enfin, décidant de ne plus remettre à plus tard, il se dirigea vers le chantier de la cathédrale.

Il trouva Allaert sous le porche, en compagnie de tailleurs de pierre, de charpentiers et de maçons qui l'entouraient comme un essaim sa reine. Allaert reçut Jérôme avec chaleur. On eût pu croire, tant ils s'abordèrent avec simplicité, qu'ils s'étaient vus la veille. Sans tarder, mettant en œuvre cet enthousiasme résolu qui le caractérisait, Allaert entraîna Jérôme au fond de la cathédrale pour lui expliquer son travail, rehaussement de la nef, nouvelles charpentes, double allée de bas-côtés, décoration à la mode « gothique ». Il ne se souciait pas de savoir si Jérôme le suivait, il avançait d'un pas vif. Jérôme n'eut pas le temps de s'habituer à la pénombre de l'église que déjà Allaert le poussait dans un escalier étroit qui les fit accéder aux échafaudages qui couraient sous la voûte, et même, à l'extérieur, sur le promenoir étroit qui contournait les toitures des différentes parties du bâtiment.

Jérôme avait le souffle coupé. Depuis une saillie réservée aux couvreurs, ils dominaient les toits gris de la ville qui s'étendaient autour d'eux comme une vaste étendue liquide. Le ciel, très gris lui aussi, paraissait si bas qu'ils auraient pu le toucher du doigt de la tour qui s'élevait au bout du promenoir. Les sons mêlés des activités de la cité montaient confusément jusqu'à eux, tandis que des oiseaux surpris s'envolaient en battant des ailes.

— Et là, tu vois...

Allaert sauta sur la courtine. Sans cesser d'avancer, il expliquait les prodiges accumulés par les bâtisseurs qui l'avaient précédé, arcs-boutants et contreforts, gables et pignons, pentes, inclinaisons, section dorée, encorbellements... Jérôme ne saisissait pas tous les détails, mais le projet d'Allaert de faire tailler en biseau les ouvertures de la travée ouest afin que les rayons du couchant pussent pénétrer dans la nef lui paraissait magnifique. Il l'écoutait en se forçant à ne pas regarder vers le bas, vers l'abîme des arcs entrecroisés. Allaert accompagnait ses explications de gesticulations des bras et Jérôme avait du mal à contrôler les battements affolés de son cœur, bien qu'en son for intérieur, il sût que l'autre ne craignait rien, en homme de la pierre et de l'équilibre, aussi heureux sous la voûte que lui-même pouvait l'être lorsque se révélaient sur un tableau les couleurs et les formes du monde secret qui l'habitait. Comme Allaert évoquait la statuaire grotesque qu'il désirait faire sculpter pour les arcs-boutants de la cathédrale, Jérôme lui proposa de réaliser des dessins qui pourraient servir aux tailleurs de pierre. Il possédait une documentation importante au sujet des monstres et des diableries, et cela serait l'occasion de se revoir souvent. Allaert, enthousiaste, l'embrassa.

Quelques mois plus tard, Allaert organisa un banquet pour célébrer le baptême de son troisième fils. Jérôme et lui se retrouvaient désormais régulièrement pour travailler à l'ornementation de la cathédrale et Allaert pressa mon époux d'honorer la fête de sa présence. Il occupait une maison éloignée du centre, propriété du chapitre dont il avait l'usufruit pendant le temps où il travaillait à la cathédrale.

— Ce qui risque de m'occuper un moment, disait-il en souriant, le temps des cathédrales n'a rien à voir avec celui de nos vies...

À cette occasion, j'accompagnai Jérôme dans la demeure d'Allaert. En y pénétrant, je fus frappée par la gaieté qui animait les convives, comme si l'humeur du maître des lieux déteignait sur celle des invités. Il y avait tant de chants et de rires que

Jérôme hésita sur le seuil, mais je l'entraînai, y trouvant immédiatement ma place, comme lors des grands banquets qu'organisait mon père dans ma jeunesse. Allaert me plut dès l'abord et, lorsqu'il nous présenta son épouse, Margriet, je sentis que cette rencontre allait compter autant pour moi que celle d'Allaert pour Jérôme. Il est des personnes dont on se sent proche sans raison apparente. Margriet faisait partie de celles-ci.

Les plats se succédaient dans une ambiance bon enfant. Un musicien jouait du luth tandis qu'un autre chantait. Jérôme participait peu aux conversations. Il semblait de mauvaise humeur. Comme une servante amenait les enfants d'Allaert, deux petits garçons âgés de quelques années et un nourrisson, l'expression de notre hôte changea du tout au tout. L'ironie souriante qui accompagnait la bonhomie de son visage poupin laissa place à une expression d'adoration. Allaert ouvrit grands ses bras et se leva pour présenter à ses invités son plus jeune fils qu'il avait fait baptiser du nom de Martinus.

Vers la fin du repas, lasse du vin et du bruit, je rejoignis les femmes aux cuisines. J'y retrouvai Margriet Dehameel en compagnie de ses enfants et de quelques-unes de ses amies proches. Nous parlâmes un peu. Je lui appris que je m'occupais de pharmacopée. Cela l'intéressa vivement et je lui indiquai quelques plantes qu'elle pouvait utiliser sans risque pour soulager les petites maladies des enfants. Margriet avait tenu un jardin de simples dans la maison où elle avait passé son enfance et je lui promis de l'emmener avec moi lors d'une de mes sorties botaniques. Nous parlions encore de choses et d'autres, assez gaiement, lorsque Jérôme surgit, rouge et grimaçant, ayant fait sans doute, une fois n'était pas coutume, trop honneur aux viandes et aux pâtés. Il lança qu'il devait rentrer travailler, et nous regardait, Margriet et moi-même, avec une expression de surprise jalouse. Je tendis à une servante l'enfant que j'avais endormi en le berçant sur mes genoux et dis au revoir à mon hôtesse. Jérôme me laissa à peine finir.

Nous marchâmes d'un pas rapide dans les rues désertes. Je demeurai silencieuse, offusquée par l'impatience de Jérôme qui ne m'avait même pas laissée prendre congé de maître Dehameel. Nos pas résonnaient sur les pavés glacés. J'évitais de regarder Jérôme.

Dans la cuisine, nous surprîmes Ton, un des apprentis, en compagnie d'une jeune servante qu'il tenait sur ses genoux. La jeune fille rougit vivement et Ton bondit en s'excusant. Jérôme les congédia. Je ne dis rien. En montant l'escalier, j'aperçus Pieter, un autre de ses apprentis, penché sur des planches anatomiques étalées sur le sol de l'atelier et j'entendis Jérôme passer sa mauvaise humeur sur lui en le mettant dehors.

Je me rendis dans notre chambre où je me déshabillai lentement, sans réveiller personne pour m'aider. Je devinais que Jérôme allait me rejoindre au lieu de travailler comme il avait prétendu le faire. Et Jérôme vint. Trop de sentiments ambigus bouillonnaient en lui et l'empêchaient de se consacrer à sa peinture. Il me trouva prête à l'écouter, calme, maîtresse de moi-même. Il se jeta à mes pieds en gémissant : il n'était qu'un jaloux, un égoïste, un indifférent, un orgueilleux, un médiocre que je n'aurais jamais dû épouser. Je n'osai pas sourire au mot « médiocre », il ne se prêtait tellement pas à Jérôme. Je m'écriai :

— Jamais je ne pourrai penser cela, jamais je ne regretterai notre union !

— Tu es malheureuse avec moi. Tu aimerais mener la vie de Margriet Dehameel, et moi, je suis incapable de te donner cela.

— Je ne suis et ne serai jamais Margriet Dehameel, tu n'y es pour rien.

Jérôme continuait de se lamenter.

— Je suis si grossier...

— Cesse de t'apitoyer sur toi-même !

— Je suis mesquin et faible...

— Tu es grand parmi les grands, Jérôme ! Travaille au lieu de geindre ! Allons !

Je poussai Jérôme vers son atelier et, soudain, il me prit la main et m'entraîna. Il y avait là, posé contre le mur latéral, un grand panneau de bois que je n'avais pas encore remarqué. C'était un dessus d'autel de taille supérieure à ceux que peignait habituellement Jérôme. Ses deux battants peints étaient fermés. Jérôme me cria :

— Alors ? Qu'en dis-tu ?

Il me fixait avec défi. Je pris une lampe, me plaçai devant la peinture et là restai muette, figée de stupeur : Jérôme avait représenté l'aube de l'humanité, le premier couple, naïf et bête, attiré par le serpent vers l'arbre tandis que des oiseaux observaient, curieux du dénouement. On pouvait voir aussi les blés hauts et mûrs, les fruits énormes, illusoires, qui laissaient, lorsqu'on y goûtait, le ventre vide pour l'éternité, et qui, ramassés pour être servis comme offrande à Dieu, gisaient dans une corbeille, délaissés, tandis que le frère attaquait son frère.

Il y avait l'Arche, minuscule, ballottée sur les eaux qui montaient et recouvraient un paysage en grisaille où des hommes couraient en tous sens, en proie à la panique comme s'ils savaient qu'ils étaient coupables et qu'ils allaient payer. Il y avait enfin des hommes qui posaient les pierres de Babel pour s'élever contre leur condition et dont la masse grouillait. Ils se voulaient toujours différents de ce qu'ils étaient ; grands, ils voulaient être petits ; forts, ils voulaient être faibles. Ils ne voulaient plus souffrir, ni vieillir ; ils voulaient choisir leur ascendance et leur descendance ; ils ne voulaient plus mourir.

Jérôme ouvrit les battants et je vis le panneau

représentant l'Enfer, avec ses monstres et ses supplices, au milieu duquel trônait un œuf énorme posé sur deux pattes en forme de tronc et dont le visage me fixait, moi qui regardais le panneau, et que je reconnus comme étant celui de mon époux. Autour de cette créature inhabituelle, le chaos des cauchemars de Jérôme, corps nus et faibles, monstres mi-animaux mi-insectes, objets détournés de leur usage, lueurs crépusculaires. Issu d'une imagination humaine, il déclinait son horreur à une échelle terrestre.

J'étais subjuguée. Jérôme me guettait, il attendait de moi l'encouragement, le compliment ou la critique. Mon silence lui faisait mal, mais il me fallait un peu de temps. Jamais Jérôme ne s'était exprimé avec tant d'humour, d'amour et de désespoir pour l'humanité. Sur les volets extérieurs du triptyque, il avait peint un voyageur, et ce personnage rassemblait si complètement les traits moraux de Jérôme que je demeurais interloquée de tant de franchise. Enfin, j'accrochai un détail et pus sourire, puis parler :

— Mais c'est le vieux Claes que tu as fait là ! C'est tout à fait son nez pointu et ses grandes oreilles !

Les visages bouffis de certains de nos concitoyens, leurs figures grotesques qui choquaient tellement Jérôme enfant s'inséraient à la perfection dans la description minutieuse qu'il faisait de l'état peu reluisant de l'homme. Ces traits avides et grimaçants n'étaient-ils pas ceux d'un habitant de la ville, célèbre pour son avarice ? Et ce regard atone de bourgeois que rien n'émouvait dans la digestion, ne l'avais-je pas croisé sur cette place publique où l'on jugeait une pauvre femme accusée d'avoir dansé un jour de lune ?

— C'est terrifiant, dis-je lentement, terrifiant et terriblement drôle. C'est extraordinaire...

Jérôme avait peint la violence des gestes et des désirs avec emportement, la corruption de l'amour avec fureur, la passion destructrice des hommes qui recherchaient la gloire et le plaisir avec frénésie. Les grands du monde, les humbles, les religieux et les laïcs, les hommes et les femmes, les vieux et les jeunes, la corruption touchait toute l'humanité et éclatait dans des teintes de jaunes et de rouges dont Jérôme avait longuement cherché les composants et qu'il avait étalées avec fulgurance et audace.

Ces moments où Jérôme prenait conscience de notre mode de vie étaient rares. Le plus souvent, il était si totalement happé par son travail qu'il n'avait aucune pensée pour sa famille, ses amis, ou moi, nous tous qui l'entourions du mieux que nous le pouvions. Ce n'était pas intentionnel, ni méchant, c'était seulement que le temps était bref, le monde inquiétant et son désir de peindre insatiable. Jérôme était à ce point dévoré d'images et de passion qu'il ne lui restait pas beaucoup de vigueur à consacrer aux autres, ni à lui-même d'ailleurs. Souvent, il devait s'aliter car il se négligeait et demandait tant d'efforts à son corps qu'il devenait la proie idéale de toutes sortes de maladies. Je le soignais et ravalais ce qui pouvait ressembler de près ou de loin à de l'amertume, au doute ou au regret. Il fallait bien que je le remette sur pied afin qu'il retourne au plus vite à son travail. À chaque fois qu'il avait terminé une nouvelle œuvre, j'étais saisie du même émerveillement que la première fois que j'avais découvert sa peinture, et ma vie prenait tout son sens.

J'ignorais s'il fallait m'en réjouir ou m'en inquiéter, mais j'avais appris par une amie installée à la cour que dans la correspondance qu'échangeait un prince de la maison de Bourgogne avec un religieux de la haute hiérarchie de notre ville, il était souvent fait allusion aux peintures de Jérôme. Tandis que la famille princière appréciait hautement la valeur de son travail, l'Église semblait hésiter à déclarer ses œuvres sacrilèges ou à les accepter telles quelles.

En l'année 1496, le jeune roi Philippe, celui que le peuple surnommait « le Beau », prit femme et séjourna en notre ville, logeant au couvent des Dominicains comme il était d'usage lorsque des membres de sa famille nous visitaient. En son honneur, des festivités étourdissantes furent organisées. On demanda à Jérôme d'exécuter les dessins préparatoires pour un grand vitrail portant l'écusson royal. Jeanne, la nouvelle reine, lui commanda par l'intermédiaire de la confrérie un panneau en bois de petite taille qu'elle désirait emporter avec elle. Nous n'eûmes pas l'honneur de rencontrer ces altesses, mais Jérôme travailla jour et nuit pour terminer la commande au plus vite.

15

Pour Jérôme, l'élévation spirituelle était une nécessité qui allait de soi. Sa mère lui en avait très tôt inculqué l'exigence, et chaque acte de sa vie était le reflet de ses luttes intérieures entre désirs matériels et aspirations spirituelles. Mais aumônes et participation à l'intérêt commun ne suffisaient pas à lui donner bonne conscience. Nous pouvions nommer dans notre entourage trop d'hommes qui se permettaient les comportements les plus vils sous prétexte qu'ils agissaient pour le soulagement immédiat des maux humains, participant financièrement à la construction d'un nouveau puits dans la cour d'un asile ou à l'amélioration des repas d'un hospice.

Jérôme ne supportait pas la malhonnêteté. C'était presque une question d'air : il ne respirait plus face aux filous, gredins et voleurs, surtout s'ils étaient riches, bourgeois et bigots. Lorsque l'on parlait devant lui d'une affaire sanglante d'une émeute ou d'une mise à sac, il rentrait en lui-même comme un escargot.

Une jour, après avoir assisté à une pendaison, un voleur de poules, très jeune et qui pleurait, Jérôme n'avait pas desserré les dents de toute une semaine. Il ne cessait de dire qu'il aurait voulu que le monde soit secoué par un élan universel vers le Bien, mais ne voyant pas cet élan venir, bien au contraire, il éructait d'une rage désespérée et affirmait qu'une bonne épidémie remettrait les hommes à leur place. Depuis certains récits qu'on lui avait faits sur les profiteurs de la peste, ceux qui s'enrichissaient de la misère, Jérôme pensait que l'homme était pire encore que ce qu'il avait cru jusque-là et il disait comprendre que tous pussent être maudits, comme à Sodome, ou avant le Déluge...

Il était d'une telle sévérité! Si moi-même je me considérais comme austère, je me sentais en comparaison de Jérôme plus frivole qu'une libellule. Jamais Jérôme n'était satisfait de lui-même. Jamais il ne se permettait un acte pour sa simple satisfaction. Sa vie était rythmée par les devoirs successifs qu'il s'imposait, comme s'il ignorait ce qu'était la joie de vivre.

Avec l'âge, il lui semblait que les vices humains prenaient de l'ampleur, comme si plus aucune barrière morale ne les arrêtait. Récemment, la porte d'un couvent avait été forcée par des soldats de passage, et des bourgeois accourus à la rescousse des moines avaient été condamnés à des peines sévères au cours de procès d'une injustice flagrante. Dans une cité voisine, des hommes dont Jérôme connaissait la réputation de probité avaient été brûlés vifs sur l'ordre de certains religieux qui les accusaient d'apostasie. Les troubles n'étaient pas seulement décelables dans les faits publics. Les mœurs individuelles paraissaient elles aussi se relâcher, comme si, dans la violence ambiante, chacun se précipitait impunément dans le vice.

Jamais Jérôme n'avait entendu parler de tant de vols, de viols, d'assassinats, d'abus en tout genre. Et sans recenser tous ces comportements extrêmes, il trouvait autour de lui de plus en plus d'hommes et de femmes dont les valeurs l'effrayaient. Les gens riches payaient des prix insensés pour posséder les nouveautés proposées par les marchands, et ces prix ne pouvaient être rapportés au coût de la vie quotidienne tant ils étaient élevés. Faire étalage de sa richesse semblait la seule manière de gagner le respect d'autrui. Comme l'or ne pouvait être exposé brut, il s'affichait dans les vêtements, les attelages, les demeures, se transformait en dons charitables déclarés haut et fort, ou encore était consacré à l'organisation de cérémonies de toutes sortes dans une surenchère permanente d'abondance et de luxe.

À cause de cette intransigeance de caractère, nous passâmes par un épisode que je ne puis qualifier que de triste. Un dimanche, alors que nous sortions de la cathédrale après une longue et épuisante cérémonie organisée par la confrérie de Notre-Dame, Allaert Dehameel et Margriet vinrent à nous. Tandis que je flattais les boucles de leur benjamin désormais âgé de huit ans, Allaert nous annonça sans quitter Jérôme du regard qu'on lui avait proposé un important chantier à Louvain. Surpris, Jérôme s'exclama :

— Et notre cathédrale ?

— Ma présence n'est plus indispensable, lui répondit calmement Allaert. D'ailleurs, le frère de Margriet est intéressé à reprendre ma charge et surveiller le déroulement des travaux.

— Mais que cherches-tu à Louvain que tu ne possèdes ici ? s'écria Jérôme comme s'il était personnellement blessé par les intentions d'Allaert.

Je croisai le regard agacé de Margriet. Je tentai de l'apaiser par un timide sourire, mais elle m'ignora. Allaert se racla la gorge :

— Mes fils trouveront plus d'opportunités à Louvain pour faire leurs apprentissages.

— Tes fils ! Mais toi, Allaert, je croyais que tu aimais notre ville et voulais œuvrer pour elle ! N'est-ce pas toi qui me parlais de la vanité de la gloire ?

— De toute façon, rien n'est décidé, risqua Allaert pour l'apaiser.

— Nous aurons bien l'occasion d'en parler ailleurs qu'entre deux portes... Si vous passiez chez nous un de ces jours ? Jérôme voulait vous montrer certains de ses travaux récents. Qu'en penses-tu, Jérôme ? dis-je.

Jérôme ne me regarda même pas. J'éprouvai de la honte. Et plus encore quand il ajouta :

— Vous me décevez, maître Dehameel.

Allaert était pâle. Ses yeux ne brillaient plus. Bien que toujours courtois et souriant, il prit congé de nous avant de s'éloigner aux côtés de son épouse. Ils quittèrent la ville peu de temps après sans que nous les revissions autrement que de loin, à l'occasion de réunions officielles. Ils partaient, emportant certainement un vilain souvenir de nous. J'en étais désolée car Margriet tenait une place importante dans ma vie. Elle était gaie et si enthousiaste, une petite sœur pour moi. Jérôme ne voulait pas entendre parler de leur écrire :

— Des ambitieux, comme les autres, me dit-il. Enfin, elle. Voilà comment certaines femmes mènent le monde...

Ainsi se termina notre relation avec les Dehameel, parce que Jérôme, mon époux, cet artiste immense, était un homme à l'exigence et aux principes terribles.

— Qu'il soit maudit ! Je n'irai pas !

— Es-tu un enfant, Jérôme, qui ne peut pas faire un effort sur lui-même ?

Jérôme s'arrêta net de discuter, surpris.

— Tu fais comme tu veux, mais tu peux renoncer à l'appui de la confrérie si tu lui fais faux bond.

La veille, nous avions assisté à une lamentable cérémonie. Un veuf, marchand de biens, était mort, et l'on avait appris que cet homme qui semblait ni plus ni moins intègre que chacun, avait forcé sa fille à coucher dans son lit des années durant. Celle-ci, délivrée par la mort de son père, en avait fait l'aveu à une commère venue l'assister dans la préparation du corps.

L'histoire avait fait le tour de la ville avant même que le mort fût porté en terre. Le choc passé, l'on discutait désormais de la possibilité de racheter l'âme du défunt. Trois assemblées spéciales s'étaient tenues et deux clans s'étaient formés. Comme si chacun pensait à ses propres fautes, certains semblaient prêts à se flageller, à prier et payer de fortes sommes à l'Église pour obtenir son pardon. Le défunt était un homme qui faisait le bien autour de lui, ne méritait-il pas qu'on rachetât son salut ? D'autres pensaient au contraire que l'homme méritait les châtiments, son péché étant trop monstrueux

Une nouvelle assemblée était convoquée pour le lendemain, et Jérôme rechignait à s'y rendre pour discuter du pour et du contre et se poser en juge. La pensée que cet homme considéré avait si bien dissimulé ses vices terrorisait Jérôme. Combien d'autres en qui il avait confiance cachaient derrière un visage serein les souillures de leur âme ?

À quel nombre se montait la légion de ceux qui offraient si généreusement une part de leur fortune pour étouffer les cris de leurs victimes ?

Le dégoût l'habitait. Un homme fautant si gravement aurait-il pu changer et se racheter de son vivant ? Et maintenant qu'il était mort, fallait-il l'exclure de la communauté ? Jérôme en avait le vertige.

Lorsque Jérôme parlait avec ses frères, il était surpris du fossé qui les séparait. Ce qui autrefois ne lui était pas évident, leurs différences, surgissait à présent de manière irréfutable. Ce qui pour eux était le quotidien, la nourriture, la perspective de fêtes, les spectacles, l'entassement de meubles et de biens divers, devenait pour lui de plus en plus futile. Il disait que si je n'avais pas été là, il aurait laissé ses vêtements s'abîmer et sa maison s'empoussiérer.

Jérôme n'aimait pas éprouver ces sentiments, trop proches de cet orgueil si longuement combattu. Pourtant, s'il devait parler de l'essentiel, ce n'était pas de la nouvelle cheminée dont j'avais supervisé les travaux, ni du fonctionnement de la ferme qu'il gérait pour moi, ni des réunions de notables auxquelles il assistait, ni de la nouvelle commande, ô combien flatteuse, que lui avait faite la Maison d'Autriche. Sans doute ne parlerait-il même pas de ce fastueux repas pris à l'hôtel de ville en compagnie de l'émissaire d'un prélat venu spécialement pour le rencontrer, ni du banquet qu'il avait offert à la confrérie de Notre-Dame et dont le mets principal avait été un paon rôti. Pourtant, c'était cela qu'il racontait à ses frères, à sa sœur Herberta, à ses compatriotes... et à travers lui, ils étaient flattés de cet intérêt des grands pour un membre de leur famille, et si son commerce marchait bien, c'était toujours une preuve de la réussite de leur florissante région de Brabant.

Si Jérôme leur avait avoué ce qui occupait ses pensées, il aurait montré les livres qu'il commandait au loin et dans lesquels il trouvait les signes que le monde bougeait et s'étendait. Il aurait parlé des troubles qui secouaient des villes proches et des révoltes qui naissaient dans des régions pas si différentes de la leur. Il aurait parlé de son désir de fuir et d'abandonner ces choses qui étaient pour eux le but de la vie. Pour lui, ce serait toujours la tentation de la contemplation du monde sans l'homme, de la nature avec ses lumières et son bruissement intense, inchangée depuis la Création.

Jérôme tremblait devant la satisfaction tranquille de ces bourgeois dont il faisait partie, ces hommes qui buvaient et mangeaient, dormaient au chaud et embrassaient leurs épouses sans accorder la plus petite pensée aux hommes sans toit, aux hommes sans terre ou aux hommes sans Dieu. Il ne trouvait pas les mots de la peur qui le hantait quand il voyait le gâchis que les hommes faisaient de la beauté du monde, quand il surprenait leur liberté d'action que jamais ils ne remettaient en question. Alors il se plongeait dans le travail afin de voir apparaître, au terme de longues heures intenses, des paysages, des êtres, des monstres, une vie fourmillante qui s'organisait et au travers de laquelle il parvenait à définir mieux que tous les mots ne le pouvaient ce qui, pour lui, était essentiel.

Plus jeune que Jérôme, Jan était celui dans la famille qui lui ressemblait le plus. Ils avaient en commun un corps sec et nerveux qu'ils tenaient de leur père et un même regard vif sous des paupières lourdes. En société, Jan était aussi discret et timide que Jérôme. Comme lui, il craignait la brutalité et se laissait facilement emporter par ses émotions. Marié à une demoiselle de Breda, Jan avait gardé une figure de jeune homme, et si Jérôme entendait parfois les échos des frasques amoureuses qu'on lui attribuait, il n'y avait jamais accordé foi : il ne parvenait pas à imaginer son propre frère vivant dans le péché puisqu'ils avaient été élevés dans la même stricte obéissance des lois et dans la crainte du châtiment.

Marta, l'épouse de Jan, débarqua un jour chez nous dans un état de fureur tel que nous la reconnûmes avec peine. Me confiant son tourment, les yeux rougis et gonflés de larmes que la honte ne retenait plus, elle glapissait en hoquetant les trahisons de son époux, emplissant Jérôme de stupeur tandis que j'écoutais sans ciller, caressant les cheveux de la femme éplorée et tentant de l'apaiser. Nous apprîmes que Jan n'avait pas cessé depuis ses noces de courtiser d'autres femmes. Cette fois, non content de s'attirer la colère des pères et des frères des demoiselles qu'il débauchait, Jan avait excité la fureur d'un époux en s'enfuyant avec sa dame vers une destination inconnue.

Cette dame, Betsy, nous la connaissions car elle était l'épouse d'un maître verrier de la ville, membre de notre confrérie. Sa réputation justifiée de plus belle femme de la ville lui avait attiré de nombreux soupirants. Jérôme admirait ses traits délicats, mais il avait appris à éviter de la regarder car la belle avait tendance à soutenir hardiment les regards des hommes. Une rumeur avait couru sur son compte et sur celui d'un peintre qui avait fait son portrait.

Et ce que craignait tant Jérôme arriva. L'indignité de son frère rejaillit sur lui. Après la fuite des amants, le maître verrier demanda aide matérielle et secours spirituel à la confrérie. Malgré sa honte, Jérôme fut forcé d'assister aux assemblées organisées pour débattre du sujet. Bien que chacun fît de son mieux pour le laisser hors de cause, Jérôme dut baisser le regard sous celui de ses confrères et apaiser les remous de son cœur. Lorsque quelqu'un proposa de partir à la poursuite des deux fuyards, il ne dit mot. Il ne pouvait pas aider à la capture de Jan, et il pouvait encore moins prendre sa défense. Surpris par son silence, Jan Heins, le beau-frère d'Allaert qui lui avait succédé en tant que maître des constructions de la ville, alla vers Jérôme qui lui avoua que sa froideur cachait une rage qu'il ne savait contre qui diriger. Contre la belle sans vergogne ? Contre la faiblesse de Jan ? Contre l'époux qui n'avait pas su s'attacher sa femme ? Contre Marta qui avait si longtemps supporté les infidélités de son époux ? Contre lui-même qui s'était complu à rester sourd à la rumeur ? Jan Heins tenta de plaisanter, mais Jérôme lui dit :

— Si ton frère était ce fugitif coupable que les autres hommes vouent aux gémonies, ne serais-tu pas à cet instant mortifié, furieux, avili, désespéré enfin ?

Jérôme fit des rêves où Jan lui apparaissait tel qu'il était dans l'enfance, un garçonnet maladif et timide. D'autres fois, c'était la belle épouse du maître verrier qui venait le visiter, et les songes impudiques qu'elle lui inspirait lui rappelèrent ceux qui l'habitaient quand l'image de Merteld tourmentait sa jeunesse.

Jérôme se réveillait humide et souillé, flagrant délit d'un corps qui ne pouvait tromper personne sur sa force de résistance au péché. Son rêve le plus terrible de cette période était celui où il voyait son jeune frère revenir seul à la ville, celle qu'il avait séduite l'ayant abandonné pour partir avec un autre. Jan se jetait en tremblant aux pieds de Jérôme et le suppliait d'intercéder en sa faveur auprès des bourgeois de la ville. Jérôme regardait son frère l'implorer, troublé par leur indubitable ressemblance physique. Il comprenait que celui qui se tenait agenouillé face à lui n'était pas son frère, mais lui-même.

C'était lui que l'on traînait en jugement, mais tandis que la populace le huait et lui lançait des pierres, il faisait amende honorable en s'accusant d'avoir cédé à plus de péchés qu'il ne pouvait en énumérer. Alors Jérôme se réveillait plein de détresse, conscient que si le corps vieillissait, l'être apprenait peu et restait jusqu'à la fin capable du meilleur comme du pire.

Dans son esprit altéré par l'angoisse et les nuits de veille, Jérôme se mit à dessiner fébrilement le triomphal carnaval de la vie qui niait dans la jouissance son caractère éphémère. Il dessina les hommes, originellement innocents et heureux comme les animaux, en imiter les comportements qu'ils rendaient vils et grotesques. La ronde à la cadence infernale dont faisaient partie tous ceux qui étaient portés à s'inscrire dans la génération, animaux, oiseaux, reptiles même, se matérialisait. Le mouvement vital, révolté contre sa condition périssable, s'arrachait du néant pour se fixer dans des formes. Un nouveau tableau prenait forme qui grouillait de la vie dans sa diversité, depuis la Création du monde jusqu'à sa fin.

Jérôme fixa les soubresauts d'êtres sans retenue ni sagesse. Il figura les vives désillusions où les hommes seraient précipités s'ils s'acharnaient dans la recherche des plaisirs. Le corps humain, créé dans la pureté d'une aube mythique, devenait l'instrument d'un désordre horrible qui ne prenait fin que dans les douleurs infernales.

Aucune des recherches entreprises pour retrouver Jan et sa belle n'aboutit, ce qui au fond arrangea tout le monde. Seul l'époux délaissé se vêtit de sombre pour rappeler à chacun que la joie avait quitté sa maison. Le scandale cessa d'être le sujet principal des conversations, il fut remplacé par d'autres esclandres qui touchaient Jérôme de moins près, bien que tous le remplissent de confusion. Au cours d'une nouvelle assemblée, il y eut un vote général en faveur du pardon de Jan, mais comme on ne pouvait décemment l'innocenter, une sanction fut décidée : s'il revenait jamais en ville, Jan devrait chaque année et jusqu'à sa mort acquitter à la confrérie de fortes sommes qui seraient reversées à un monastère de femmes.

Ce verdict miséricordieux soulagea Jérôme qui imaginait déjà son frère sur la potence, mais il savait bien que ce rachat n'était pas dû à la force de pardon des autres, ni à l'humilité qui aurait dû leur signifier que personne n'est exempt du péché, mais au fait que lui, Jérôme, était le frère du pécheur et qu'on ne pouvait se permettre d'être trop sévère envers le frère du peintre officiel de la confrérie...

16

À peu de temps d'intervalle, je perdis mon père et mon frère, et dus me rendre dans la demeure des van Meervenne pour me consacrer aux nombreuses affaires que ces morts successives avaient laissées en suspens. Si mon frère m'avait légué de riches terres, il avait transmis la plus grosse partie des biens de la famille à un fils né d'une servante qu'il avait reconnu tardivement. Je n'avais pas idée de qui était ce neveu dont je venais d'apprendre l'existence, mais j'avais la ferme intention de l'aider à endosser son destin d'héritier de Goyart van Meervenne. Je le devais bien à mon père, car ni moi ni mon frère ne lui avions donné d'autre descendant. C'est ainsi que je m'absentai longuement de notre demeure et ne fus pas témoin de l'arrivée du nouvel apprenti prénommé Arnoul.

Ce jeune homme était de la parenté de Cornélius, le compagnon d'apprentissage que Jérôme avait eu à Anvers. Bien que celui-ci eût perdu tout contact avec Cornélius, voilà qu'après tout ce temps, alors que le souvenir de son ami ne l'effleurait plus qu'en de très rares occasions, une lettre émouvante était arrivée de sa part, rappelant à Jérôme tout l'esprit de son ancien compagnon, son ironie mordante et ses sarcasmes mélancoliques.

Cornélius écrivait qu'il avait admiré un tableau dans une église de Gand, une figure de saint en ermitage, et que cette scène mystique lui avait apporté un apaisement si profond qu'en découvrant que Jérôme en était l'auteur il y avait vu un signe. Pour des raisons que Jérôme n'approuverait pas s'il était resté celui dont Cornélius se souvenait, il avait quitté l'atelier d'enluminures de son père pour devenir l'hôte d'une cour ducale. Il y était resté jusqu'à ce que la vie brillante qu'il y menait ait eu raison de ses ressources physiques qu'il avait pour ainsi dire « flambées ». On lui avait alors confié l'éducation d'un filleul, et l'enfant, aujourd'hui âgé de quinze ans, cherchait un atelier où apprendre le métier. Au nom de leur ancienne amitié, Cornélius suppliait Jérôme de prendre le jeune homme à l'essai. Il l'aurait accompagné lui-même pour serrer Jérôme dans ses bras s'il n'en avait pas été empêché par une vilaine crise de goutte articulaire.

En arrivant chez Jérôme, Arnoul ne manifesta aucune timidité. Il savait depuis longtemps qu'avec son menton pointu, ses yeux noisette et ses jolies manières, il lui suffisait d'apparaître pour que les cœurs soient conquis. Jérôme ne fut pas dupe. Il vit que la confiance que le jeune homme avait en lui-même touchait à l'effronterie, mais il se souvint du jeune pharisien qu'il avait lui-même été et il lui témoigna une sollicitude immédiate dont on ne l'avait jamais vu user envers quiconque.

Arnoul possédait une personnalité naturellement brillante que Cornélius avait parée d'une éducation qui n'avait rien d'un vernis. Il avait admiré *de visu* de nombreuses choses remarquables, et ses connaissances étaient étendues. Il clama qu'il savait tout faire, et Jérôme le testa. Bien sûr, Arnoul ne savait pas tout, mais il était doué. Chaque effort qu'il faisait, même minime, était récompensé d'effets étonnants, ce qui en soi était injuste pour ceux qui travaillaient dur sans obtenir de résultats. Son adaptation au mode de travail de l'atelier était si extraordinaire que Jérôme lui confia sans tarder des travaux où le jeune homme put user de ses talents. Il avait en particulier une main très sûre et un trait qui ne tremblait jamais

Il fallut peu de temps pour qu'Arnoul s'attirât la haine des autres apprentis. Jérôme devait sans cesse s'interposer entre eux car le jeune homme, bien que de constitution frêle, ne cherchait pas à éviter les affrontements et, au contraire, les provoquait par plaisir. Souvent, il arrivait le matin avec un œil cerné de bleu ou un menton écorché, mais au lieu d'en avoir honte et de se conduire en repenti, il se pavanait comme un matou au lendemain d'une nuit de printemps. Jérôme faisait celui qui ne voyait rien : Arnoul était celui qu'il n'avait jamais osé être

Jérôme reçut une missive d'un inconnu qui lui proposait de passer une commande importante à l'atelier s'il acceptait de témoigner en sa faveur à un procès qu'on lui faisait à tort. Jérôme se renseigna discrètement. Il s'avéra que l'homme avait fait partie d'un groupe religieux dissident dont l'initiateur avait entretenu une correspondance avec Jérôme quelques années auparavant. Son avis sur des sujets divers ne manquait pas de séduction, comme le faisaient souvent les opinions différentes de la norme, mais leurs échanges n'avaient pas duré : les lettres avaient brutalement cessé d'arriver. On disait que l'Église avait condamné les idées de leur auteur et que celui-ci s'était enfui vers un royaume du Nord. Or voilà qu'un proche de ce correspondant passé, un noble peut-être influent et sans doute fortuné, évoquait cette relation d'une façon allusive et vaguement menaçante.

Jérôme n'avait pas l'intention de s'aliéner l'Église pour un inconnu dont le ton lui déplaisait. Il n'était pas non plus dans ses habitudes d'échanger son travail contre un service. Témoigner en faveur d'un inconnu lui était impossible. Surtout, il n'était pas exclu que la proposition fût un piège tendu par des jaloux de son succès. Il répondit à l'homme qu'il était très honoré par sa commande de tableaux mais qu'il ne pourrait y répondre car il manquait de temps.

Comment Arnoul avait été mis au courant de cette affaire dont Jérôme n'avait parlé à personne mis à part moi, Jérôme ne désirait pas le savoir, mais un jour qu'ils étaient seuls, il fut sidéré d'entendre le jeune homme lui déclarer combien il regrettait qu'il n'ait point accepté la commande : le bénéfice en aurait été grand pour la réputation de l'atelier. À quoi bon se donnait-il tant de mal si Jérôme avait si peu d'ambition ?

Jérôme fixa quelques instants le jeune homme avant de lui répondre froidement que l'administration de ses affaires ne lui revenait pas. Arnoul se détourna en haussant les épaules.

À peine rentrée, je compris qu'il se passait un événement grave dans notre maison et je fis part de mes préoccupations à Jérôme. Non seulement tous ceux qui travaillaient dans l'atelier de mon époux étaient venus à moi pour se plaindre d'Arnoul, mais pendant mon absence quelqu'un avait fouillé dans mon secrétaire et, ce matin-là justement, j'avais surpris le jeune homme plongé dans la correspondance de Jérôme. Le jeune homme m'avait suppliée de ne pas le dénoncer, mais je ne pouvais me taire, même si le fautif avait de jolis yeux. En ajoutant cette dernière remarque, je souriais, mais Jérôme me lança un regard furieux et je vis les changements qui s'étaient accomplis dans son cœur durant mon absence. J'étais d'autant plus surprise que Jérôme se mit à louer à mon intention les nombreuses qualités de son protégé : le jeune homme était brillant, travailleur, sérieux... bref, toute sa personne était pour lui source de satisfaction.

Je venais de passer plusieurs mois aux côtés de mon neveu Goyart, et je m'étais prise d'affection pour cet homme de quarante ans qui, jusqu'au jour où il était devenu l'héritier d'une famille de patriciens, avait mené la vie d'un paysan. Confrontée à un sentiment que je n'avais jamais connu, un besoin de protéger lié à une émotivité irraisonnée, j'avais cherché à trouver en moi-même un équilibre entre mon sentiment de justice et mon inclination pour mon neveu. Cette remise en question de mes sentiments m'avait remuée plus que je ne l'aurais souhaité, mais elle m'avait permis d'aider le jeune Goyart et de lui faire confiance lorsque je l'avais laissé seul prendre en charge son destin de seigneur. Or, voilà qu'en revenant auprès de mon époux, je découvrais qu'il vivait une expérience affective semblable à la mienne, sauf que Jérôme supportait de plein fouet les conséquences de sa sympathie exclusive.

— Ce jeune Arnoul n'est pas ton fils que tu puisses...

— Je ne l'ai jamais prétendu.

— Tu agis comme s'il l'était.

— C'est un jeune homme doué...

— Tu attends trop de lui...

— J'attends autant que je donne.

— Tu ne devrais pas mesurer les autres à ta propre exigence. Tu t'exposes à des déceptions.

— Ce jeune homme a les défauts de son âge...

— Toute faute mérite sa peine.

— Ce n'est pas grave...

— Je t'aurai prévenu.

— Mêle-toi de ce qui te regarde. Ce garçon changera à force de me fréquenter.

Je cessai de discuter. Le regard de Jérôme laissait entendre qu'il savait qu'il avait tort, mais qu'il ne pouvait pour l'instant agir autrement. Il m'avoua qu'il projetait sur le jeune homme le poids de sa propre jeunesse ainsi que tous ses espoirs d'homme vieillissant qui aimait à se trouver un continuateur. Le jeune homme avait de nombreux défauts, en particulier un orgueil démesuré, mais il considérait que lui-même en avait autant et que la force d'un homme se mesurait non pas à ses défauts, mais à l'aune de sa maîtrise sur eux.

Je m'efforçais de laisser sa chance à Arnoul. De son côté, le jeune homme faisait des efforts pour me plaire. Pourtant, je le savais foncièrement malhonnête et je ne croyais pas qu'il pût changer, même si Jérôme consacrait tous ses efforts à sa conversion morale.

Un matin, à l'aube, Jérôme éveilla Arnoul et le pressa de se lever. L'entraînant dans la cuisine, il partagea avec le jeune homme le fond d'une marmite de soupe et du pain de la veille avant de lui faire enfiler un lourd manteau qui lui appartenait. Arnoul se laissait faire, hébété par sa nuit écourtée. Il suivit Jérôme dans la rue où ils croisèrent Maria Mies qui revenait de la laiterie. En les voyant, la gouvernante prit un air hautain. Elle ne pouvait souffrir le garçon. Jérôme l'ignora.

Il avait neigé. Les rues encore vierges du passage des hommes scintillaient dans le jour pâle. Une odeur de gel attaquait les narines, propre et piquante. Des pies qui becquetaient le sol s'envolèrent à leur approche.

Arnoul se laissait guider par son maître qui marchait d'un bon pas. Ils passèrent la porte Sud au moment où les soldats l'ouvrirent. Jérôme les salua par leurs noms et répondit à leurs commentaires sur le froid et la neige.

Ils marchèrent deux heures durant, traversant des pâturages et contournant des bosquets où le gel sculptait un monde délicat. La neige craquait sous leurs pas. Jérôme, suivant son désir de montrer au jeune homme certains lieux qui lui étaient chers, trouva les traverses les plus faciles pour aller de l'un à l'autre. Il connaissait la région intimement et son cœur ouvrait la voie. À Arnoul qui restait silencieux, il parla coloris, rendu et paysages, résumant en quelques phrases son expérience et ses pratiques. Arnoul écoutait ses propos comme un assoiffé qui boit à la source. C'était si plaisant que Jérôme décida qu'il l'accompagnerait chaque jour.

Jérôme me racontait ces moments partagés dont il rentrait ravi. L'attention d'Arnoul pour tout ce qui touchait à l'apprentissage de son métier était à ses yeux un argument en sa faveur et il nous accusait tous d'être injustes. L'on me rapporta pourtant, il était vrai qu'on ne lui passait rien, que le jeune homme évoquait à sa façon les privilèges dont le faisait jouir Jérôme : d'un côté, il s'en vantait, mais de l'autre, il raillait Jérôme, son goût pour les fleurs et les oiseaux, sa tendance à être exalté et sentimental. Il se moquait même, me dit-on, de la tendre sollicitude de Jérôme à son égard. L'on me dit qu'il nommait Jérôme « le pauvre vieux ».

Je ne répétais pas cela à mon époux. Je ne voulais pas prendre le risque de le fâcher contre moi ou contre les autres apprentis. J'étais certaine que le jeune homme se trahirait sans notre aide un de ces jours prochains.

Un jour de printemps alors que notre maison semblait sur le point de fuir de toutes parts comme un navire échoué, un armateur d'Anvers passa commande à Jérôme d'un portrait en pied de son épouse. Comme Jérôme ne se sentait pas la stature d'un portraitiste, il voulut refuser : l'homme ne connaissait sans doute pas suffisamment son travail. Il dictait sa lettre de refus à Arnoul lorsque celui-ci monta à l'attaque :

— Vous refusez toutes les opportunités qui s'offrent. Vous devriez accepter cette commande. Je l'honorerai. Je suis capable d'exécuter un portrait si excellent que vous pourriez le signer.

— Arnoul...

— Vous ne pensez jamais qu'à vous ! Vous êtes un maître indigne !

Arnoul n'était pas loin de trépigner sur place. Jérôme fit mine de n'avoir rien entendu et envoya le jeune homme balayer l'atelier, tâche dont Arnoul avait jusque-là été exempté. Jérôme désirait lui faire comprendre qu'il dépassait certaines limites. Arnoul tenta de résister, mais le regard soudain froid de Jérôme sembla le convaincre du péril dans lequel il se trouvait, et il aurait sans doute obéi si les autres apprentis n'avaient affiché aussi ouvertement leur joie en le voyant prendre le balai. Leur lançant un regard dédaigneux, il secoua la tête et quitta la salle. Comme les apprentis ricanaient, Jérôme s'enfuit à son tour, les tempes en feu et les oreilles bourdonnantes de regrets déjà caducs. Il monta se coucher, refusant de répondre aux questions de Maria Mies qui s'affairait autour de lui. La fièvre était là. Je montai.

Le lendemain, Arnoul avait réuni ses affaires et s'apprêtait à prendre la route pour Anvers où, disait-il, l'attendait la gloire lorsque, malgré toute la répugnance que le jeune homme m'inspirait désormais, je tentai de lui faire entendre raison : s'il désirait partir, je ne le retenais pas, mais qu'au moins il aille faire ses adieux à Jérôme car ce dernier l'avait considéré comme un fils. Il me fixa en ricanant. Je crois que Jérôme n'existait déjà plus pour Arnoul car il partit sans lui faire ses adieux. Un peu plus tard, nous nous aperçûmes qu'il avait même emporté avec lui les dessins qu'il avait effectués à l'atelier ainsi qu'un tableau dont il s'estimait l'auteur bien que l'œuvre fût signée par mon époux.

Personne n'osait annoncer la nouvelle à Jérôme, et quand je montai visiter mon époux, je le trouvai calme :

— Il va partir ? me demanda-t-il.

— Il est parti.

Le masque de fermeté qu'il s'était imposé fondit comme neige au soleil. Jérôme éclata en sanglots et se jeta dans mes bras. Je partageais sa douleur. Ce garçon aurait pu être notre fils, ingrat et détestable.

17

Un nouveau siècle avait commencé que nous avions accueilli avec méfiance. Après un hiver doux, le printemps survint soudain et il se mit à pleuvoir sans interruption pendant des semaines entières. Jérôme, dans sa cinquante et unième année, perclus de douleurs dans les bras et les jambes, était alité depuis quelques jours et n'avait d'autre préoccupation que sa santé. La ville vivait au ralenti. La terre alentour, imprégnée d'eau, interdisait toute communication avec les régions voisines.

Un cavalier arriva en ville. Il était, ainsi que son cheval, si complètement couvert de boue qu'elle lui faisait comme un caparaçon de cuir. Il était fourbu et de méchante humeur. Il ne parlait que l'espagnol.

Quand le cavalier se présenta chez nous, Jérôme était couché au plus profond de son lit, et ce fut moi qui le reçus et fis en sorte que notre maison lui fût agréable. L'homme annonçait l'arrivée imminente d'un haut dignitaire espagnol qui s'en retournait en Castille après une tournée d'inspection aux Pays-Bas. Le dignitaire désirait visiter l'atelier de Jérôme et ferait pour cela le détour par notre maison. En homme d'importance, il ne cherchait pas à savoir si Jérôme était prêt pour le recevoir : il arrivait, c'était en soi un grand honneur.

Bien que je m'y fusse prise avec prudence pour lui annoncer la nouvelle, Jérôme tenta de sortir de son lit pour courir à l'atelier. Il criait qu'il n'avait rien à montrer que des tableaux inachevés. Il pleurait qu'il avait de nombreuses idées qu'il n'avait pu encore mettre en œuvre ! Il s'effondra sur le seuil de sa chambre et se mit à hurler de rage et de douleur, attirant Maria Mies et les servantes. Je donnai des indications pour qu'on lui préparât une tisane sédative. On porta Jérôme dans son lit.

Paralysé comme il l'était, Jérôme ne pouvait que se torturer l'esprit en attendant sans bouger que la douleur et les événements passent. Car comment ne pas penser à cet homme, un prince, un étranger, qui allait arriver d'un jour à l'autre et dont l'intérêt pour son travail le tourmentait plus qu'il ne le flattait ? Jérôme n'avait aucune idée des raisons qui poussaient un individu si haut placé dans l'échelle des dignités humaines à s'intéresser à lui au point de lui rendre visite à son domicile et il craignait que l'affaire ne fût grave. L'estime dans laquelle on l'avait tenu jusqu'à ce jour n'était peut-être que le résultat de la sollicitude de certains puissants qui le protégeaient, de la même façon qu'ils protégeaient certains poètes ou certains confesseurs à la mode. Il suffisait que des intrigues chassent ces hommes du pouvoir et que d'autres les remplacent, ou tout simplement que ces hommes changent d'humeur au gré d'un caprice, et son travail pourrait être critiqué, voire condamné. Ne lui avait-on pas rapporté qu'un évêque nouvellement nommé à Gand avait déclaré qu'un de ses triptyques, exposé dans la cathédrale de sa ville, était impie et dangereux ?

Le jour suivant, la chaleur monta brusquement. L'humidité augmenta et, avec elle, la puissance des épidémies et les douleurs de Jérôme. Je passai plusieurs heures auprès de son lit à lui faire la lecture, mais il m'écoutait si peu que je renonçai à le distraire de ses pensées.

Dès que j'eus pris connaissance de l'arrivée en ville de serviteurs qui devaient préparer le logis du dignitaire espagnol, je demandai audience au bourgmestre : il fallait que le visiteur fût dignement reçu. Mais tandis que l'on faisait accrocher des banderoles de bienvenue, que les musiciens se préparaient à jouer en l'honneur de l'arrivant et que les principaux notables se postaient à la Grand Porte, on apprit que l'illustre visiteur était entré par une petite porte et s'était dirigé droit sur notre maison où il se trouvait déjà, accompagné de deux gentilshommes de son escorte.

Découvrant que Jérôme était alité, les Espagnols lui firent porter leurs respects. C'étaient des hommes courtois et admirablement disciplinés, mais il était évident qu'ils ne s'étaient déplacés que pour voir les peintures car ils n'accordèrent aucune attention aux plats et aux boissons que je leur avais fait préparer. Je n'avais jamais vu d'hommes si déterminés, et sans plus leur proposer ni repos, ni douceurs, je les guidai vers l'atelier.

Celui qui commandait aux autres resta silencieux. Il alla d'un tableau à l'autre, l'air fermé et impassible, grand blond hautain aux sourcils et à la moustache touffus, vêtu de cuir fauve et couvert de bijoux. Je guettais une réaction sur ses traits, mais l'homme se maîtrisait au point que les quelques frémissements qu'il laissait échapper ne disaient rien des pensées qui l'agitaient. Il avançait lentement, prenant son temps pour scruter la multitude des détails dont Jérôme couvrait ses œuvres.

Longtemps, il resta en arrêt devant un triptyque inachevé représentant une Épiphanie, une scène qui promettait d'être majestueuse si l'on regardait attentivement le dessin déjà tracé. Il s'attarda face à un panneau de plus petite taille où l'on voyait un ermite plongé dans une contemplation mystique telle qu'il semblait aussi serein que les arbres de la forêt environnante, et cela malgré la multitude diabolique qui s'agitait autour de lui.

Un silence pénible pesait sur l'atelier, mais l'attitude de Don Ignacio, un homme brun et enjoué qui faisait office de traducteur, me rassura . un sourire béat illuminait son visage tandis qu'il allait d'une œuvre à l'autre avec un regard brillant d'enfant que l'on comblait de surprises agréables. Amateur de peintures et collectionneur d'objets précieux, Don Ignacio me dit plus tard qu'il avait immédiatement pris conscience de l'originalité extrême de ce qu'il découvrait. Il avait cessé de regretter le détour qui lui avait été imposé par son maître et qu'il avait d'abord intérieurement maudit, pressé qu'il était de quitter cette région de pluies incessantes où il se languissait de son pays de collines ocre qu'illuminait sa brune épouse

De son lit, Jérôme guettait les bruits de pas et de conversations qui accompagnaient la visite des Espagnols. Puis, comme le silence s'était fait et qu'il n'entendait plus le parlé rocailleux des visiteurs, ni même ma voix, il s'inquiéta. Les minutes s'écoulaient. Jérôme fondait d'angoisse. Les Espagnols, habitués comme ils l'étaient au sublime, avaient raison d'opposer à la médiocrité du négligeable artisan flamand qu'il était ce silence plein de mépris. Lorsqu'il les entendit repartir, il se dit que des soldats allaient bientôt venir pour l'emmener car il s'était moqué de leur prince. Jérôme en était là de ses pensées lorsque je pénétrai dans sa chambre, la voix rauque et le souffle court, ce qui était chez moi signe d'une grande émotion :

— Jérôme ! m'écriai-je, l'Espagnol est ébloui par ton travail. Dès qu'il sera de retour à Tolède, il te fera parvenir une commande. Te rends-tu compte, Jérôme, cet homme est celui qui constitue les collections royales !

Des mois s'écoulèrent. Nous ne pensions plus aux Espagnols. Puis un courrier arriva, bouleversant nos perspectives. Outre une importante commande de tableaux, il contenait une invitation à nous rendre à la cour de Castille.

Je me voyais déjà traversant ces oliveraies dont on m'avait tant parlé et goûtant ces fruits juteux et colorés qui mûrissent en hiver. Je comparais les langues espagnole et latine, me demandant si je parviendrais à apprendre rapidement l'espagnol. Je me mis à lire des récits de voyages que certains de nos compatriotes avaient effectués dans la péninsule Ibérique. En un mot, je rêvais. Perplexe, Jérôme agitait dans sa tête les avantages et les inconvénients d'un déplacement dans le puissant royaume méridional. Nous discutions sans fin. Les longues semaines de route lui apparaissaient comme un obstacle infranchissable. Je lui affirmais que le climat espagnol serait bénéfique à sa santé. Il ressentait de la répulsion à l'idée de toute modification de ses habitudes et craignait que l'inconstance des goûts des princes nous fît les trouver déjà fatigués de nous à peine serions-nous arrivés. Au bout de quelques jours, la décision de ne pas quitter notre ville l'emporta. Ni les voyages, ni les fastes de la vie courtisane n'étaient faits pour lui. Ou plutôt, il n'était pas fait pour eux. Il était trop vieux pour accomplir des actes qui dans sa jeunesse lui auraient déjà coûté. Il n'était qu'un artisan de petite ville voué à son travail. Il vint à moi et posa la main sur ma joue :

— Pardonne-moi une fois encore, me dit-il.

Il prit sur lui de répondre aux Espagnols par une missive dans laquelle il expliquait sans fard les raisons qui le retenaient dans sa région natale, estimant qu'il ne pouvait se permettre de mentir à ceux qui lui avaient proposé la gloire. Aussi se montrait-il humble, promettant de répondre en priorité à toutes les commandes qu'on lui adresserait, aussi longtemps que Sa Grâce l'apprécierait et tant que sa santé personnelle lui permettrait de travailler.

Je m'inclinai devant sa décision. Je n'étais pas le jeune Arnoul. Il y avait bien longtemps déjà que j'avais fait le choix d'être aux côtés de Jérôme et renoncé par là même au monde.

18

Régulièrement, une commande nous parvenait d'Espagne. Jérôme abandonnait tout ce qu'il avait alors en cours pour y répondre, ainsi qu'il l'avait promis. Malgré sa fatigue chronique, il se refusait tout repos car il savait son temps compté. Son corps se mit à lui jouer de fréquents mauvais tours et, comme ses forces déclinaient, il s'offrait en proie aux fièvres malignes qui infestaient notre région marécageuse. Moi qui avais près de vingt ans de plus que lui et n'avais jamais imaginé lui survivre, j'étais inquiète. Jérôme maigrissait et se voûtait. Il dormait mal. Des hallucinations monstrueuses revenaient le visiter, qu'il me racontait au matin ou après m'avoir éveillée la nuit parce qu'il en souffrait trop. La vieillesse, dit-on, renoue avec l'enfance. C'était là une évidence.

Poissons abominables, oiseaux difformes, rongeurs anthropomorphes, créatures innommables, la cohorte des monstres régnait sans partage dans les cauchemars de Jérôme qui tentait alors de résister au sommeil. Les nuits se dressaient tels des obstacles qu'il fallait franchir, chaque nuit étant plus effrayante, plus longue et plus humiliante que la précédente. L'insomnie chronique résistait à toutes les drogues que je lui préparais. Moi-même, ne pouvant que suivre son exemple, je m'obstinais à étudier et à ne pas ralentir le rythme de notre maison. Dans le miroir face à moi, je découvris un jour le visage qu'avait eu ma mère en vieillissant, une femme maigre dont le regard trop brillant attestait que la fièvre avait eu en elle aussi raison des résistances.

Lorsqu'il en avait la force, Jérôme s'enfermait dans l'atelier. Son travail reflétait sa vision du chaos et sa recherche d'un salut qu'il ne pensait possible que dans l'abandon des attachements terrestres. Peindre écartait la peur, écartelant les monstres sur le support poli du bois. Il transformait les nuits en étendues de temps vierge et bénéfique. Dans cette alternance de périodes de fièvre et d'activité intense, chacun s'efforçait de le suivre. Les apprentis n'osaient se plaindre, mais l'un d'entre eux disparut au lendemain d'une nuit où Jérôme, fébrile et tourmenté, avait empli la maison de ses cris désespérés.

Dans ses plus violents accès d'égarement, alors que chacun craignait le pire à la vue de son visage exsangue et agité, Jérôme distinguait à travers ses paupières fermées la lumière qu'il lui suffirait de suivre pour trouver le repos. C'était une lumière éblouissante et radieuse, la lumière divine qu'il avait toute sa vie en vain cherché à peindre. Elle l'attirait, l'aspirait, lui promettant une félicité certaine, mais son corps trop lourd le tirait en arrière, et Jérôme la perdait de vue. La nuit redescendait sur son âme, son corps revenait une fois encore à la vie.

Son père disait : « Le travail est à l'opposé du vécu. » Et pourtant, il avait une grande famille, des enfants, une épouse exigeante.

Lui n'avait compris que tardivement. L'ambition n'était rien. La reconnaissance n'était rien. Seuls comptaient son propre jugement et sa satisfaction, au soir du jour, lorsqu'il reculait, qu'il sortait des détails et cessait d'être un insecte qui bâtit sa ruche. Un pas, deux pas en arrière et le choc : au soir de chaque jour, le choc. J'ai fait cela, moi ? Ces monstres ? Ces paysages terrifiants ? Ces êtres diaboliques ? C'est moi qui les ai fait exister ? Mais pourquoi ? Comment ? Car il y avait cela aussi, cet enfantement (grossesse, douleurs, relevailles). Ils étaient sortis de lui, ces êtres difformes. Et ceux-là, nus, vautrés dans le stupre ? Il les punissait, il les récompensait, il était leur Dieu. Toc, toc... Quelqu'un avait gratté à la porte. Seul face à ses œuvres, il était Dieu, justicier et démiurge. En ouvrant son atelier, il redevenait Jérôme, le peintre, le bourgeois, l'homme.

Quelques années passèrent. Il y eut à nouveau un hiver particulièrement long. Une importante commande de panneaux représentant des épisodes de la vie des saints tint Jérôme occupé jusqu'au carême ; la maladie et ses activités pour la confrérie lui prirent le temps qui lui restait. On lui avait conféré une charge honorifique et, en repensant au banquet qu'il avait offert à ses confrères, Jérôme se sentait rougir de honte : la pièce principale, un cygne rôti baignant dans une soupe d'airelles, lui avait attiré plus de louanges qu'il n'en avait entendu pour tous ses tableaux réunis. Pourtant, comme j'avais ri lorsqu'il avait revêtu le costume chamarré de sa nouvelle charge ! Ensemble, nous avions mesuré le chemin parcouru depuis notre première rencontre, lorsqu'il était un jeune homme sauvage, fort d'une sédition intérieure qui le voulait toujours plus inflexible et sévère. Le temps avait eu raison des défenses de la jeunesse... mais pas de ses tourments.

Jérôme se savait plus vulnérable que jamais. C'était comme s'il ressentait dans son corps la débauche du monde, lui qui dans ses actes était resté un homme chaste ne recherchant que la volupté spirituelle. Il avait de soudains appétits pour des mets précieux ou rares qui jamais ne l'avaient tenté et il s'était rendu malade lors d'un banquet après avoir dévoré trop d'estomac de cochon farci à la graisse de canard.

Un matin d'avril, alors qu'il ne cessait de parler du printemps et des pluies fécondes qui le purifieraient, il rentra bouleversé. Se promenant hors de la ville, il avait surpris une jeune paysanne enceinte qui se baignait nue dans la rivière, et il s'était caché derrière un arbre pour l'épier comme un garçonnet sans vergogne. Après avoir lavé ses cheveux, la jeune femme avait massé son énorme ventre avec un pot d'onguent, mais lorsque son regard avait croisé celui de Jérôme, elle s'était mise à crier. Il s'était sauvé en hâte, profondément honteux.

Comme tous les ans, Jérôme prit seul la route vers le domaine agricole où nous passions ensemble la belle saison. L'intendant l'y attendait pour achever certains semis et préparer le logis qui restait fermé durant l'hiver. C'était un corps de ferme rudimentaire dans lequel Jérôme avait installé un atelier où il aimait travailler pendant que je me consacrais au séchage et à la mise en bocaux des plantes médicinales collectées alentour.

Quitter la ville, c'était abandonner derrière soi un manteau trop épais pour ne garder que l'essentiel. Jérôme laissait en suspens ses charges de notable et les obligations qui y étaient afférentes. Il quittait le confort citadin pour l'univers dénudé des champs à la sortie de l'hiver. Cette fois, je ne le laissai partir qu'à contrecœur. Je doutais de ses forces et aurais préféré qu'il fasse la route accompagné. Mais ce rendez-vous avec la végétation renaissante était un moment trop précieux à ses yeux et, tandis qu'il marchait à travers la campagne brune où ses pas laissaient des traces dans la boue molle, il se sentait léger. La nature était si constante, si tendrement indifférente qu'il en oubliait sa fatigue et l'usure de l'âge pour marcher d'un bon pas.

Il comptait atteindre son domicile des champs avant la nuit quand une douleur aiguë s'insinua dans sa poitrine. Incapable d'avancer, il s'assit au bord de la route. C'était la première fois qu'il éprouvait une douleur aussi violente et comme il regardait les nuages traverser rapidement l'horizon, il se souvint de ce geste de son père qui portait la main à la poitrine en inspirant profondément. Il fit de même tandis que des corbeaux croassaient au-dessus de sa tête à la recherche du coin ensoleillé où se poser pour réchauffer leur plumage. Il respirait lentement, gémissait. Il savait pourquoi il avait toujours méprisé son corps, capable de le faire tant jouir que souffrir. Il eut une pensée pour l'intendant qui allait s'inquiéter de ne pas le voir arriver et se plut un instant à rêver qu'il pourrait disparaître dans la forêt sans plus jamais retourner dans le monde des hommes. Il s'imagina au milieu des animaux sauvages tel un Antoine ou un saint Jérôme, et cette fantaisie le fit sourire malgré la souffrance qui le déchirait.

La campagne était devenue bleue. L'horizon était marqué d'une ligne blanchâtre assez lumineuse. Un cours d'eau murmurait non loin. Jérôme reconnut la bergerie isolée où il était venu autrefois, il y avait si longtemps, demander conseil à un ermite. L'abri se distinguait à peine. Des roches avaient écrasé son toit de feuilles et des végétaux avaient poussé par toutes les fissures, mais c'était bien là, cette clairière où il avait rendu visite au saint homme. Lorsqu'une chouette hulula, Jérôme l'aperçut, perchée au bord d'un trou situé à mi-hauteur d'un tronc mort. *Athene noctua*, bien sûr. Une vieille amie. Il soupira du plaisir d'assister à la naissance de la nuit, et vit soudain les branches des arbres alentour se tordre lentement. Des excroissances en forme de chardons globuleux jaillissaient des bois nus ici et là, et, comme s'ils n'avaient attendu que cet instant, des nuées d'insectes ailés se mirent à entrer et à sortir de ces abris inhabituels. Jérôme s'allongea. *Hieronymus duvel makere*, Jérôme, le créateur de diables. Il sourit. Un poisson qui se dandinait sur des pattes de lézard le frôla, et laissa derrière lui une odeur pestilentielle. Il l'entendit qui replongeait dans l'eau. Les chardons lâchèrent des graines brillantes et nacrées dont sortirent des racines qui s'enfoncèrent immédiatement dans le sol Jérôme se releva en soupirant. Quelle jolie clairière! Aleyt le gronderait si elle apprenait qu'il était resté si tard dehors.

Le froid le réveilla. La nuit était proche. Une chouette poussait son cri plaintif sous la voûte des arbres. La douleur avait diminué. Jérôme sentait dans sa poitrine la morsure d'un petit animal qui se serait mis sans hâte à dévorer sa chair. Il se leva, conscient qu'il lui fallait trouver un refuge où passer la nuit. Il marcha en suivant ce qu'il pensait être la route. Un mince croissant de lune brillait dans un coin de ciel assez clair, et l'astre lui parut faux comme ces croissants de métal léger dont on se servait dans les décors de spectacles et qui se décrochaient parfois pour tomber sur un comédien confus, à la grande joie du public... Jérôme respirait l'odeur de la terre, propre et fraîche, pleine des arômes subtils des herbes et des fleurs à venir. Il lui semblait être chez lui au sein de cette nuit champêtre, comme si sa crainte de l'obscurité n'était finalement que la peur des hommes. Il se désespérait de trouver un abri lorsqu'il vit et entendit simultanément des animaux dans une étable, des rires et de la lumière. Une masse noire se dressait devant lui, la silhouette d'un portail qui fermait la cour d'une ferme. Rassemblant ses forces, Jérôme actionna un heurtoir avant de s'effondrer

Lorsque Jérôme rouvrit les yeux, sa douleur avait disparu. Il baignait dans de joyeux airs de danse et distingua un plafond orné de guirlandes. Il réalisa qu'on l'avait porté dans une salle et allongé sur un banc. Il régnait dans cet endroit une odeur de nourriture si forte et délicieuse qu'il se leva d'un bond et se précipita vers un chaudron suspendu dans l'âtre par-dessus lequel il se pencha comme un chien affamé. Des rires fusèrent. Une femme lui tendit une assiette fumante.

Jérôme fit bombance sans penser à rien d'autre qu'à profiter des agneaux rôtis et des gâteaux. La ferme où il avait trouvé refuge fêtait ce soir-là les fiançailles du fils aîné, et s'y pressaient des invités venus de toute la région, ce qui expliquait la musique et l'abondance des nourritures. Jérôme écouta les chants, les histoires des vieux et les airs de flûtes et de violes, puis s'endormit tandis que la jeunesse se mettait à danser.

Il s'éveilla au milieu des invités endormis, installés un peu partout sur des couvertures, à même le sol ou sur les bancs. Une grande reconnaissance l'habitait envers ces gens qui l'avaient accueilli sans questions, ni méfiance. Un rayon de soleil frappait la table encore embarrassée de mets. Sortant un flacon d'encre de sa sacoche, il nettoya un coin de nappe et s'y installa pour dessiner un portrait des fiancés. Comme leurs traits ne lui étaient pas familiers, il s'appliqua à rendre les vêtements, les coiffures et le mouvement gracieux de leur danse qu'il inscrivit dans un décor de fleurs et de guirlandes tracé avec soin. Puis il confia le dessin au grand-père qui s'était réveillé et l'avait regardé travailler.

— Pour vous remercier...

Il allait se remettre en route lorsqu'un des frères du fiancé lui demanda d'attendre et, l'entraînant dans la cour, attela deux mules à un chariot. Comme Jérôme arguait qu'il ne lui restait plus beaucoup de route à faire, le jeune homme le souleva de terre comme un enfant et le posa sur le banc du chariot. Ce fut dans cet attelage qu'il apparut à notre intendant qui l'attendait depuis la veille et s'apprêtait à partir à sa recherche.

— J'ai bien failli rester au fond des bois, lui dit Jérôme en riant, et il fit promettre à l'homme de ne rien me raconter de sa halte forcée lorsque je les rejoindrais d'ici quelques semaines. Il le ferait lui-même.

L'été durant, Jérôme parcourut la campagne pour y croquer ce qui touchait son regard tandis que je visitais les chaumières et les hameaux où l'on me faisait appeler pour soigner des fièvres ou aider à des accouchements difficiles. J'en profitais pour collecter des plantes et m'attarder sur les chemins. C'était la période des moissons, et la population avait envahi les champs qui retentissaient de cris et de rires. Je rapportais de mes visites des paniers remplis de fruits et de volailles dont on me faisait cadeau et que je redistribuais aux plus nécessiteux.

Une fois, je rencontrai Jérôme. D'abord, je l'aperçus au loin et hésitai à m'approcher tant j'avais, au cours de notre vie commune, respecté son goût pour la solitude. Il penchait son long corps étique sur un chevalet installé sur l'herbe et il semblait chétif, presque malingre. Un mouvement de tendresse me porta à quitter le chemin pour m'avancer vers lui.

Jérôme observait une mare dont les abords étaient parsemés d'iris bleus magnifiques. Mais ce n'était pas les fleurs qu'il était en train de dessiner, c'était la surface frissonnante de l'eau. Quand il entendit mes pas dans l'herbe derrière lui, Jérôme se retourna, et son visage exprima de la surprise, comme si ma présence en ce lieu était absolument invraisemblable. Son air ébahi me serra le cœur, mais Jérôme m'offrit brusquement un sourire qui exprimait une telle joie de me voir que je me sentis consolée. Le temps de serrer ses mains entre les miennes et de lui faire manger quelques prunes sorties de mon panier, je repartis au chevet du malade qui m'avait fait mander.

À l'automne, nous prîmes ensemble le chemin de la ville, pleins de regrets et de mélancolie. Avant de fermer son atelier des champs, Jérôme brûla les croquis qu'il avait réalisés durant l'été. Il n'aimait pas garder les traces des étapes de son travail. Une fois réinstallé en ville, il s'enferma à nouveau. La villégiature avait marqué d'une trêve sa vie tourmentée, le retour en ville l'y replongea. Délaissant ses commandes, il peignit les images qui l'obsédaient, des tableaux de petites dimensions où il saturait l'espace de visages d'hommes tels qu'ils lui apparaissaient, haineux et dépravés. Il travaillait vite, se jetant sur les couleurs qu'il étalait par touches épaisses mais précises.

« L'Éternel est ma lumière et mon salut : de qui aurais-je crainte ? L'Éternel est le refuge de ma vie : de qui aurais-je peur ? Quand ceux qui font le mal s'approchent de moi pour dévorer ma chair, mes adversaires et mes ennemis, ce sont eux qui trébuchent et qui tombent. Si une armée campait contre moi, mon cœur n'aurait aucune crainte : si une guerre s'élevait contre moi, je serais malgré cela plein de confiance... »

Le psaume préféré de la mère prenait tout son sens. C'était comme si le mal qui logeait dans sa poitrine faisait fuir toutes les craintes et toutes les passions. Ne restait plus que la rage de peindre, de transformer les gestes en hurlements de couleurs et de formes. Et si Jérôme se sentait las, il se tournait malgré tout vers l'Incommensurable pour lui demander du temps, encore un peu de temps pour continuer cette œuvre où il désirait glorifier la bonté de certains hommes et dénoncer la diversité de la folie des autres.

Alors qu'il travaillait à une Montée au Calvaire, Jérôme sentit un regard qui le fixait avec intensité. Levant les yeux vers le tableau qui lui faisait face, il découvrit le sourire triste du Sauveur. Il s'approcha, tendu, et s'agenouilla. Que pouvait-il faire, que devait-il faire pour soulager la souffrance qu'il lisait sur les traits émaciés de l'homme à la couronne d'épines ? Il voulait savoir, il se savait prêt. Il agirait en conséquence, quels que fussent les actes à accomplir.

Jérôme s'allongea sur le sol où un songe le prit. Il marchait au cœur d'une foule dense qui le poussait de toutes parts, oppressant son corps et étreignant son souffle. L'obscurité l'empêchait de voir la campagne alentour, mais la moiteur d'une brise australe passa sur sa peau. Il trébucha sur les cailloux d'un chemin qui montait. Des visages l'entouraient, grimaçants, les plus laids qu'il ait jamais vus. Des visages où ne s'exprimaient qu'avidité et égoïsme, et qui formaient une masse compacte, hargneuse, prête à mordre, à s'entre-dévorer. Une rumeur éclata, nourrie de la bêtise de ceux qui voulaient avancer. La foule poussa plus fort. Elle bousculait vers l'avant sans comprendre qu'elle se précipitait dans le vide.

Jérôme tenta de se frayer une voie dans le sens opposé à celui de la foule, mais le sol s'enfonçait sous lui. Il se laissa glisser. La rumeur montait à nouveau, effrayante. C'était comme s'il ne restait plus que ça : des visages qui occupaient tout l'espace, une surdensité humaine tournée vers l'avenir proche des lendemains. Pris dans le flux, Jérôme se débattait. Il annonçait le châtiment et prévenait du précipice, mais personne n'écoutait plus personne et Jérôme se tut, la gorge en feu. Il avait déjà signé sa fin, il avait parlé sans qu'on l'écoute, au cœur du monde, sa tristesse infinie.

Ce fut moi qui trouvai Jérôme, raide et déjà froid, recroquevillé sur le sol devant un tableau qu'il venait d'achever. Mon cœur se serra, mais je me figurais ce moment depuis des mois. J'étais prête.

Aux cérémonies qui accompagnèrent sa mise en terre, on eût dit que toute la ville s'était déplacée pour lui tant les rues étaient vides et la procession sans fin. C'était l'un des premiers jours du printemps. Le pollen des arbres en fleurs faisait éternuer les plus fragiles. Comme nous n'avions pas de descendants, les plus jeunes présents autour de la tombe étaient des apprentis et des petits-neveux. Le bourgmestre tint un discours élogieux que je n'écoutai pas. Jérôme me manquait déjà.

J'avais envie de lui montrer le nid des pies que j'avais découvert le matin au sommet du vieux pommier de la cour. J'avais envie de surprendre le regard moqueur qu'il aurait immanquablement posé sur les femmes en deuil parées de bijoux qui rivalisaient de somptuosité. Les jours suivants, j'errai entre ma chambre et l'atelier où les apprentis dressaient la liste des œuvres achevées ou pas qu'avait laissées Jérôme. Je désirais tellement parler de lui à chacun que je songeai pour la première fois à ce travail écrit que je suis par ces mots sur le point de conclure. Il me permettrait de revivre le bref temps que nous avions passé côte à côte en tant qu'époux. Il serait un jalon sur le chemin de ma propre mort et me donnerait l'illusion d'accompagner l'œuvre de Jérôme à travers les temps à venir.

Lorsque l'été arriva, la confrérie de Notre-Dame organisa une cérémonie en la mémoire de Jérôme. À cette occasion, je donnai un long discours sur la vie et l'œuvre de mon époux, et les réactions extrêmement diverses qu'il reçut commencèrent à remuer en moi certaines idées. Je mesurai que chacun, selon ses intérêts et connaissances, avait entrepris de commenter l'œuvre de Jérôme sans rien savoir de l'homme et de l'origine de son travail. J'en fis quelques rêves désagréables, puis, peu de temps après, commandai le matériel dont je pouvais avoir besoin si je passais à l'acte, une grande quantité de feuilles de papier et d'encre. Un matin, comme le vent avait soufflé toute la nuit, je rassemblai un bouquet de feuilles sèches aux couleurs somptueuses et les posai dans un vase en verre teinté non loin de mon écritoire. Un rayon de soleil passa par la fenêtre et je m'assis, adoucie par la sérénité de la matinée. Certaines atmosphères pèsent parfois plus que la raison sur les grandes décisions.

La maison était calme. De la cuisine montaient les voix des servantes qui offraient à manger et à boire à ceux qui continuaient à venir chez nous pour parler de Jérôme. Levant le nez, je vis soudain une étrange bestiole qui m'observait d'un coin de mon office qu'éclairaient les derniers éclats du soleil. Elle me fixait de son œil unique et ricanait, exhibant un rictus obscène. L'une de ses dents luisait. Sa queue battait le sol, soulevant des nuages de poussière rougeâtre. Je me frottais les yeux, surprise, mais une autre apparut, toute proche. Plus petite et de forme humaine, elle se tenait à califourchon sur un énorme rat. Un tic agitait sa mâchoire semblable au groin d'un porc. Elle grattait si frénétiquement son crâne chauve du doigt unique de sa main gauche qu'un filet de sang coula. Baissant le bras, l'ignoble apparition porta le doigt à sa bouche pour le sucer puis, d'un air de coquetterie hideuse, sortit de sous son vêtement une sorte de guitare avant de faire en ma direction un geste obséquieux.

Je ne me laissai pas faire. Secouant le bras dans la direction des monstres comme s'ils n'étaient que de viles poussières, je détournai les yeux, puis les fermai un instant. Quand je les rouvris, les créatures avaient disparu. Ma main avait cessé de trembler. J'installai sur l'écritoire une première page vierge et je me mis à écrire : « Moi, Aleyt van Meervenne, épouse Bosch, ... »

J'avais un long travail à accomplir.

Tout ce qui concerne Jérôme Bosch est empreint de mystère. Il naquit vers 1450 à Bois-le-Duc, aux Pays-Bas, et mourut en 1516. De sa vie, on ne sait presque rien, et seulement par les quelques mentions de son nom dans des documents officiels, transactions commerciales, actes de vente, héritage, impôts, quittances de paiement, frais d'obsèques, inventaires de collections... à partir desquels on a pu déduire la situation financière de sa famille et sa position sociale.

À la recherche des œuvres de Jérôme Bosch :

— *Les génies de la peinture, Bosch*, Éditions Princesse
— *Jérôme Bosch*, Taschen
— *L'ABCdaire de Jérôme Bosch*, Flammarion
— Google Earth, monuments 3D, musée du Prado, chefs-d'œuvre en HD, *Le Jardin des délices*
— http ://www.ibiblio.org/wm/paint/auth/bosch/
— Musée du Louvre, Paris ; Palazzo ducale, Venise ; muséum Boymans van Beunigen, Rotterdam ; museo del Prado, museo Jose Lazaro Galdiano et Palacio real, Madrid ; musée royal des Beaux-Arts, Anvers ; musée des Beaux-Arts, Gand ; National Gallery, Londres ; Kunsthistorisches Museum, Vienne...

DU MÊME AUTEUR

Aux Éditions Télémaque

LES DÉMONS DE JÉRÔME BOSCH, 2009 (Folio n° 5141)

Composition et impression CPI Bussière
à Saint-Amand (Cher), le 24 septembre 2012.
Dépôt légal : septembre 2012.
1er dépôt légal dans la collection : septembre 2010.
Numéro d'imprimeur : 123545/1.
ISBN 978-2-07-043599-9./Imprimé en France.

249376